25
ANOS
autêntica

CB022458

ARTHUR CONAN DOYLE

# UM ESTUDO EM VERMELHO

Tradução
Elisa Nazarian

autêntica

Título original: *A Study in Scarlet*



EDIÇÃO GERAL E PREPARAÇÃO DE TEXTO
*Sonia Junqueira*

ASSISTENTE EDITORIAL
*Julia Sousa*

REVISÃO
*Samira Vilela*

CAPA
*Vito Quintans*

ADAPTAÇÃO DA CAPA
*Juliana Sarti*

DIAGRAMAÇÃO
*Guilherme Fagundes*

**Dados Internacionais de Catalogação na Publicação (CIP)**
**(Câmara Brasileira do Livro, SP, Brasil)**

Doyle, Arthur Conan, 1859-1930
Um estudo em vermelho / Arthur Conan Doyle ; tradução Elisa Nazarian. -- 1. ed. -- Belo Horizonte : Autêntica, 2023 -- (Clássicos Autêntica / coordenação Sonia Junqueira.)

Título original: A Study in Scarlet
ISBN 978-65-5928-275-3

1. Ficção policial e de mistério (Literatura inglesa) 2. Holmes, Sherlock (Personagem fictício) I. Título. II. Série

23-152652 CDD-823.0872

**Índice para catálogo sistemático:**
1. Ficção policial e de mistério : Literatura inglesa 823.0872
Aline Graziele Benitez - Bibliotecária - CRB-1/3129

**Belo Horizonte**
Rua Carlos Turner, 420
Silveira . 31140-520
Belo Horizonte . MG
Tel.: (55 31) 3465 4500

**São Paulo**
Av. Paulista, 2.073 . Conjunto Nacional
Horsa I . Sala 309 . Bela Vista
01311-940 . São Paulo . SP
Tel.: (55 11) 3034 4468

www.grupoautentica.com.br
SAC: atendimentoleitor@grupoautentica.com.br

# SUMÁRIO

# PARTE I

*(Uma reimpressão das recordações de John H. Watson, médico, antigo membro do Departamento Médico do Exército.)*

*Capítulo 1*

# MR. SHERLOCK HOLMES

Em 1878, formei-me em medicina na Universidade de Londres e fui para Netley fazer o curso estipulado para cirurgiões no exército. Completados meus estudos, fui devidamente incorporado como cirurgião-assistente no 5° Regimento de Fuzileiros de Northumberland. Naquela época, o regimento estava estacionado na Índia, e antes que eu pudesse me juntar a ele, irrompeu a segunda guerra afegã. Ao desembarcar em Bombaim, soube que minha corporação havia avançado pelos desfiladeiros e já se achava bem avançado dentro do país inimigo. No entanto, fui atrás, com muitos outros oficiais na mesma situação que a minha, e consegui chegar em segurança a Candahar, onde encontrei meu regimento e imediatamente assumi minhas novas funções.

A campanha trouxe honras e promoções para muitos, mas para mim só resultou em má sorte e desastre. Fui retirado da minha brigada e incorporado aos Berkshires, com quem servi na fatal batalha de Maiwand. Lá fui atingido por uma bala de jezail,* que estilhaçou meu ombro e roçou a artéria subclávia. Eu teria caído nas mãos dos mortíferos *ghazis*** se não fosse pela devoção e pela coragem demonstradas por Murray, meu ordenança, que me jogou sobre um cavalo de carga e conseguiu me levar a salvo até as linhas britânicas.

Combalido pela dor e fraco pelas prolongadas provações pelas quais passara, fui removido, em um grande trem de feridos, até o hospital-base, em Peshawar. Ali, me recuperei, ficando bom o bastante para conseguir andar pelas enfermarias e até aproveitar um pouco o sol na varanda, quando fui tomado pela febre entérica, aquela maldição das nossas possessões indianas. Passei meses à beira da morte, e quando por fim recobrei a lucidez e entrei em convalescença, estava tão fraco e emaciado que uma junta médica determinou que eu deveria ser mandado imediatamente de volta para a Inglaterra. Fui devidamente despachado no navio de tropas Orontes e um mês depois desembarquei no cais de Portsmouth, com a saúde irremediavelmente arruinada, mas com a permissão de um governo paternal de passar os nove meses seguintes tentando melhorá-la.

Eu não tinha amigos nem família na Inglaterra, estando, portanto, livre como o ar, ou tão livre quanto uma renda diária de onze xelins e seis pences podia permitir. Sob tais circunstâncias, fui naturalmente atraído para

---

* Arma afegã, longa, muitas vezes feita à mão, usada no século XIX. (N.T.)

** Guerreiros muçulmanos. (N.T.)

Londres, aquela grande latrina para a qual todos os vagabundos e preguiçosos do Império são irresistivelmente drenados. Fiquei ali por um tempo, em um hotelzinho na Strand, levando uma vida sem conforto e sem significado, gastando o dinheiro que tinha com mais largueza do que deveria. Minha situação financeira ficou tão alarmante que logo percebi que deveria deixar a cidade e me retirar para algum lugar no campo, ou mudar completamente meu estilo de vida. Escolhendo a última alternativa, comecei decidindo deixar o hotel e me alojar em algum lugar menos pretensioso e menos caro.

No mesmo dia em que cheguei a essa conclusão, estava parado no Criterion Bar quando alguém bateu no meu ombro e, ao me virar, reconheci o jovem Stamford, que tinha sido meu assistente no Barts. A visão de um rosto amigo na grande vastidão de Londres é algo realmente prazeroso para um solitário. Nos velhos dias, Stamford nunca fora alguém muito chegado a mim, mas naquele momento cumprimentei-o com entusiasmo, e ele, por sua vez, pareceu estar encantado em me ver. Na exuberância da alegria, convidei-o a almoçar comigo no Holborn, e partimos juntos num fiacre de aluguel.

– O que aconteceu com você, Watson? – ele perguntou, numa surpresa indisfarçável, enquanto chacoalhávamos pelas ruas apinhadas de Londres. – Está tão magro quanto uma ripa e amarelo como uma noz.

Dei-lhe um breve esboço das minhas aventuras, e mal tinha concluído quando chegamos a nosso destino.

– Coitado! – ele disse, condoído, depois de ter ouvido minhas desgraças. – E agora, o que anda fazendo?

– Procurando moradia – respondi. – Tentando descobrir se é possível conseguir cômodos confortáveis por um preço razoável.

– Coisa estranha – observou meu companheiro. – Você é o segundo homem, hoje, que me diz essa frase.

– E quem foi o primeiro?

– Um sujeito que está trabalhando no laboratório de química, no hospital. Hoje de manhã, ele estava lamentando não conseguir alguém para dividir alguns cômodos agradáveis que havia encontrado, e que eram além da conta para seu bolso.

– Que coincidência! – exclamei. – Se ele quiser mesmo alguém para dividir os cômodos e as despesas, eu sou o homem certo. Prefiro ter um parceiro a ficar sozinho.

O jovem Stamford me olhou de um jeito bem estranho por sobre o copo de vinho.

– Você ainda não conhece Sherlock Holmes – disse. – Talvez não goste de tê-lo como uma companhia constante.

– Por quê? O que há contra ele?

– Ah, eu não disse que havia algo contra ele. Tem umas ideias um pouco esquisitas, é um entusiasta de alguns ramos da ciência. Até onde sei, é um sujeito bem decente.

– Um estudante de medicina, imagino?

– Não, não faço ideia do que ele pretende seguir. Acredito que saiba bastante de anatomia, e é um químico de primeira, mas, até onde sei, nunca cursou aulas regulares de medicina. Seus estudos são muito variados e excêntricos, mas ele reuniu uma grande quantidade de conhecimentos peculiares que deixariam seus professores espantados.

– Você já perguntou a ele quais são suas intenções?

– Não, ele não é um homem de quem seja fácil extrair alguma coisa, embora possa ser bem comunicativo quando lhe dá na telha.

– Gostaria de conhecê-lo – eu disse. – Se for para morar com alguém, preferiria que fosse um estudioso, de hábitos tranquilos. Ainda não estou suficientemente forte para aguentar muito barulho ou animação. Tive bastante dos dois no Afeganistão para durar pelo resto da minha vida. Como eu poderia conhecer esse seu amigo?

– Com certeza ele está no laboratório – retrucou meu companheiro. – Ou ele passa semanas evitando o lugar, ou trabalha ali de manhã até a noite. Se quiser, depois do almoço podemos ir até lá juntos.

– Com certeza – respondi, e a conversa derivou para outros assuntos.

Enquanto íamos para o hospital, depois de deixar Holborn, Stamford me contou mais algumas particularidades sobre o cavalheiro com quem eu me propunha a dividir a morada.

– Não vá me culpar se não se der bem com ele – disse. – Não sei nada mais sobre ele além do que descobri encontrando-o ocasionalmente no laboratório. Você propôs esse esquema, então não deve me tornar responsável.

– Se não nos dermos bem, será fácil nos separarmos – respondi. – Parece-me, Stamford – acrescentei, olhando com dureza para meu companheiro –, que você tem algum motivo para lavar as mãos quanto a isso. O humor desse camarada é tão terrível, ou o que é? Não fique se esquivando.

– Não é fácil expressar o inexprimível – ele respondeu

com uma risada. – Holmes é um pouco científico demais para meu gosto; é quase insensível. Eu poderia imaginá-lo dando a um amigo uma pitadinha do mais recente alcaloide vegetal, não por maldade, entenda, mas apenas por espírito investigativo, para ter uma ideia precisa dos seus efeitos. Para ser justo, acho que ele próprio o tomaria com a mesma rapidez. Parece que tem uma paixão pelo conhecimento definido e exato.

– Com razão, também.

– É, mas isso pode ser levado ao exagero. Quando se chega ao ponto de dar bengaladas nos cadáveres que estão na sala de dissecação, a coisa com certeza assume uma forma bem bizarra.

– Bengaladas nos cadáveres?!

– É, para verificar até quando os hematomas podem ser produzidos depois da morte. Eu o vi fazendo isso, com meus próprios olhos.

– E, no entanto, você diz que ele não é estudante de medicina?

– Não. Sabe-se lá quais são os objetos dos seus estudos. Mas cá estamos, e você deve formar a própria opinião sobre ele. – Enquanto Stamford falava, viramos para um caminho estreito e passamos por uma portinha lateral, que se abria para uma ala do grande hospital. Para mim, era terreno conhecido, e não precisei de orientação ao subirmos a sombria escada de pedra e seguirmos por um longo corredor com paredes caiadas e portas de cor parda. Próximo ao final, destacava-se uma passagem baixa, em arco, que levava ao laboratório químico.

Era um cômodo de pé direito alto, forrado de frascos

em desordem. Mesas largas e baixas espalhavam-se por ali, cobertas de retortas, tubos de ensaio e pequenos bicos de Bunsen com suas chamas azuis tremeluzentes. Havia apenas um estudante na sala, inclinado sobre uma mesa ao fundo, absorto em seu trabalho. Ao som dos nossos passos, ele olhou em volta e se levantou com um grito de prazer.

– Achei! Achei! – gritou para meu colega, correndo para nós com um tubo de ensaio na mão. – Achei um reagente precipitado pela hemoglobina, e por nada mais. – Caso ele tivesse descoberto uma mina de ouro, sua expressão não poderia refletir um prazer maior.

– Dr. Watson, Mr. Sherlock Holmes – disse Stamford, apresentando-nos.

– Como vai você? – ele disse cordialmente, apertando minha mão com uma força que eu mal imaginaria. – Percebo que esteve no Afeganistão.

– Como sabe? – perguntei, atônito.

– Não importa – ele disse, rindo consigo mesmo. – A questão agora é sobre hemoglobina. Sem dúvida o senhor percebe o significado da minha descoberta?

– Sem dúvida, é quimicamente interessante, mas na prática...

– Ora, homem, é a descoberta médico-legal mais prática em anos. Não percebe que ela nos dá um teste infalível para manchas de sangue? Venha até aqui, agora! – Em sua ansiedade, ele me pegou pela manga do paletó e me levou até a mesa onde estivera trabalhando. – Vamos arrumar um pouco de sangue fresco – disse, enfiando um longo estilete no dedo e recolhendo a gota de sangue resultante em uma pipeta. – Agora, eu acrescento esta pequena quantidade de sangue em um litro de água. Você percebe que a mistura resultante tem a aparência de água pura. A proporção de sangue não pode ser mais do que uma em um milhão. No entanto, não tenho dúvida de que vamos conseguir obter a reação característica. – Enquanto falava, ele jogou no recipiente alguns cristais brancos, depois acrescentou algumas gotas de um fluido transparente. Em um instante, os conteúdos assumiram uma cor opaca de mogno e um pó amarronzado precipitou-se para o fundo do frasco de vidro.

– Ha! Ha! – ele exclamou, batendo palmas e olhando com o encantamento de uma criança com um brinquedo novo. – O que acha disso?

– Parece ser um teste muito sensível – observei.

– Lindo! Lindo! O antigo teste Guaiacum era muito tosco e incerto. O exame microscópico para corpúsculos sanguíneos também. Este último não tem valor se as manchas já tiverem algumas horas. Agora, este aqui parece agir igualmente bem se o sangue for velho ou novo. Se esse teste já tivesse sido inventado, centenas de homens que agora caminham pela face da Terra há muito teriam cumprido pena pelos seus crimes.

– De fato – murmurei.

– Os casos criminais estão continuamente dependendo desse único ponto. Um homem é suspeito de um crime, talvez meses depois de ele ter sido cometido. Seus lençóis e toalhas, ou suas roupas, são examinados, e descobrem-se manchas amarronzadas sobre elas. São manchas de sangue, de lama, de ferrugem, de fruta, o que são? Essa é uma pergunta que intrigou vários especialistas, e por quê? Porque não havia teste confiável.

Agora temos o teste Sherlock Holmes, e não haverá mais nenhuma dificuldade.

Seus olhos brilhavam enquanto falava, e ele pôs a mão sobre o coração, fazendo uma reverência, como se houvesse algum público aplaudindo.

– Está de parabéns – comentei, consideravelmente surpreso com seu entusiasmo.

– No ano passado, houve o caso de Von Bischoff, em Frankfurt. Se este teste existisse, sem dúvida ele teria sido enforcado. Depois, houve Mason de Bradford, e o famoso Muller, e Lefevre de Montpellier, e Samson, de Nova Orleans. Eu poderia citar uns vinte casos em que ele teria sido decisivo.

– Você parece ser uma agenda ambulante de crimes – disse Stamford com uma risada. – Poderia começar um periódico nesse ramo. Chame-o *Notícias Policiais do Passado*.

– Poderia ser também uma leitura muito interessante – observou Sherlock Holmes, grudando um pequeno pedaço de esparadrapo sobre a picada no dedo. – Tenho que tomar cuidado – continuou, virando-se para mim com um sorriso – porque mexo bastante com venenos. – Estendeu a mão enquanto falava, e notei que estava toda salpicada com pedaços semelhantes de esparadrapo e descolorida com ácidos fortes.

– Viemos para cá a negócio – disse Stamford, sentando-se em um banquinho alto de três pernas e empurrando outro, com o pé, em minha direção. – Meu amigo aqui quer arrumar moradia, e como você estava reclamando que não encontrava ninguém para dividir, achei que seria bom juntar os dois.

Sherlock Holmes pareceu encantado com a ideia de dividir seus aposentos comigo.

– Estou de olho num apartamento em Baker Street que viria a calhar para nós – disse. – Você não se incomoda com o cheiro de tabaco forte, espero?

– Eu mesmo sempre fumo *ship's* – respondi.

– Isso é bom demais. Em geral, tenho alguns produtos químicos por perto, e ocasionalmente faço experimentos. Isso o incomodaria?

– De jeito nenhum.

– Vejamos... quais são meus outros inconvenientes? Às vezes, fico deprimido e não abro a boca dias seguidos. Quando isso acontecer, não vá pensar que sou mal-humorado. Só me deixe em paz, e logo eu me endireito. Agora, o que você tem para confessar? É melhor que dois sujeitos saibam o pior um do outro antes de começarem a viver juntos.

Ri desse fogo cruzado.

– Tenho um filhote de buldogue e não gosto de barulho, porque meus nervos estão abalados; acordo nas horas mais absurdas e sou extremamente preguiçoso. Também tenho outra série de vícios, quando estou bem, mas, por enquanto, esses são os principais.

– Você inclui tocar violino em sua categoria de barulho? – ele perguntou, ansioso.

– Depende de quem toca – respondi. – Um violino bem tocado é um presente para os deuses; um mal tocado...

– Ah, tudo bem – ele exclamou com uma risada alegre. – Acho que podemos dar por acertado, quero dizer, se achar os cômodos do seu agrado.

– Quando podemos vê-los?

– Encontre-me aqui amanhã, ao meio-dia, e vamos juntos e acertamos tudo.

– Tudo bem, meio-dia, pontualmente – eu disse, apertando sua mão.

Stamford e eu o deixamos trabalhando em meio a seus produtos químicos e caminhamos juntos em direção ao meu hotel.

– A propósito – perguntei de repente, parando e me virando para Stamford –, como foi que ele soube que eu tinha vindo do Afeganistão?

Meu companheiro sorriu de maneira enigmática.

– Essa é justamente sua pequena peculiaridade. – Muita gente já quis saber como ele descobre as coisas.

– Ah, é um mistério? – exclamei, esfregando as mãos. – Isso é muito interessante. Estou muito agradecido a você por nos ter apresentado. "O estudo verdadeiro da humanidade é o homem", você sabe.

– Então, você deve estudá-lo – Stamford disse ao se despedir. – Mas vai achá-lo um problema complicado. Aposto que ele vai saber mais sobre você do que você sobre ele. Até logo.

– Até logo – respondi e fui para o meu hotel, consideravelmente interessado em meu novo conhecido.

*Capítulo 2*

# A CIÊNCIA DA DEDUÇÃO

Encontramo-nos no dia seguinte, como ele havia proposto, e examinamos os cômodos no número 221B da Baker Street, ao qual ele se referira no nosso encontro. Consistiam em dois quartos confortáveis, uma sala de visitas espaçosa e arejada, com uma mobília alegre, iluminada por duas janelas amplas. O apartamento era tão atraente em todos os aspectos, e as condições pareceram tão razoáveis, se divididas entre nós, que o acordo foi fechado no ato, e tomamos posse dele imediatamente. Naquela noite, mudei minhas coisas do hotel, e na manhã seguinte, Sherlock Holmes fez o mesmo, com várias caixas e malas. Passamos um ou dois dias bem ocupados, desempacotando e organizando nossos pertences da melhor maneira possível. Feito isso, começamos gradualmente a nos estabelecer e nos acomodar em nosso novo ambiente.

Sem dúvida, Holmes não era um homem difícil de se conviver. Era tranquilo e tinha hábitos regulares. Raramente ficava acordado depois das dez da noite, e invariavelmente tomava seu café de manhã e saía antes que eu me levantasse. Às vezes, passava o dia no laboratório químico, às vezes nas salas de dissecação, e uma vez ou outra em longas caminhadas, que pareciam levá-lo às partes mais degradantes da cidade. Nada conseguia vencer sua energia quando lhe vinha um surto de trabalho; mas, de tempos em tempos, era tomado por uma reação e por dias a fio ficava deitado no sofá da sala, mal dizendo uma palavra ou movendo um músculo, da manhã à noite. Nessas ocasiões, eu notara uma expressão tão vaga e sonhadora em seus olhos que poderia ter suspeitado de sua dependência de algum narcótico, caso a temperança e a pureza de toda a sua vida não impedissem tal ideia.

Com o passar das semanas, meu interesse por ele e minha curiosidade quanto a seus objetivos de vida aprofundaram-se e aumentaram gradativamente. Sua própria pessoa e aparência eram tais que chamavam a atenção do observador mais casual. Tinha bem mais de 1,80 m, e era tão excessivamente magro que parecia bem mais alto. Seus olhos eram argutos e penetrantes, salvo naqueles intervalos de torpor a que me referi; e o nariz fino e aquilino dava à sua expressão um ar alerta e decidido. Seu queixo, também, tinha a proeminência e quadratura que assinalam o homem de determinação. As mãos estavam invariavelmente sujas de tinta e manchadas de produtos químicos; contudo, seu toque era extraordinariamente delicado, como tive ocasião de observar com frequência, quando o via manipulando seus frágeis instrumentos científicos.

O leitor pode me considerar um bisbilhoteiro incurável quando confesso o quanto aquele homem estimulava minha curiosidade e com que frequência procurei ultrapassar as reservas que ele demonstrava em tudo o que lhe dizia respeito. No entanto, antes de fazer um julgamento, é preciso lembrar como minha vida era sem sentido e o pouco que havia para atrair a minha atenção. Minha saúde impedia-me de sair de casa, a não ser que o tempo estivesse excepcionalmente bom, e eu não tinha amigos que me visitassem e quebrassem a monotonia de minha existência cotidiana. Sob essas circunstâncias, saudei com ansiedade o pequeno mistério que pairava ao redor do meu companheiro, e passava grande parte do tempo esforçando-me para desvendá-lo.

Ele não estava estudando medicina. Em resposta a uma pergunta, confirmou a opinião de Stamford a esse respeito. Também não parecia seguir nenhum curso teórico que pudesse habilitá-lo a um diploma em ciências ou qualquer outro portal reconhecido que lhe daria acesso ao mundo erudito. Contudo, seu empenho em alguns estudos era notável, e dentro de certos limites excêntricos, seu conhecimento era tão extraordinariamente amplo e minucioso que suas observações me deixavam bastante impressionado. Sem dúvida, ninguém trabalharia tanto, nem obteria informações tão precisas, se não tivesse algum objetivo definido. Leitores inconstantes raramente são notáveis pela exatidão de seu conhecimento. Nenhum homem sobrecarrega a mente com assuntos menores se não tiver um motivo muito bom para isso.

Sua ignorância era tão espantosa quanto seu conhecimento. Parecia não saber quase nada de literatura contemporânea, filosofia e política. Quando citei Thomas

Carlyle, Holmes me perguntou, da maneira mais ingênua, quem seria ele e o que havia feito. No entanto, minha surpresa chegou no auge quando descobri, por acaso, que ele desconhecia a teoria de Copérnico e a composição do Sistema Solar. O fato de, neste século XIX, qualquer ser humano civilizado não estar ciente de que a Terra gira ao redor do sol pareceu-me tão extraordinário que mal pude entender.

– Você parece estar atônito – ele disse, sorrindo perante minha expressão de surpresa. – Agora que já sei, devo fazer o possível para esquecer.

– Esquecer?

– Veja – ele explicou –, considero que, originalmente, o cérebro de um homem é como um sótão vazio, e você precisa abastecê-lo com a mobília que escolher. Um idiota leva para dentro todo tipo de cacareco que encontra, de modo que o conhecimento que poderia lhe ser útil fica do lado de fora ou, na melhor das hipóteses, misturado com um monte de outras coisas, o que dificulta alcançá-lo. Agora, o trabalhador habilidoso toma muito cuidado, na verdade, quanto ao que leva para seu cérebro-sótão. Não terá nada além de ferramentas que possam ajudá-lo a fazer seu trabalho, mas uma boa quantidade delas, e todas na mais perfeita ordem. É um erro pensar que aquele quartinho tem paredes elásticas e pode se distender a qualquer dimensão. Pode estar certo, chega um tempo em que, para cada acréscimo de conhecimento, você esquece alguma coisa que já sabia. Portanto, é da maior importância não ter fatos inúteis impedindo os úteis.

– Mas o Sistema Solar! – protestei.

– Que diabos ele é para mim? – ele interrompeu, impaciente. – Você diz que a gente gira em volta do sol. Se girássemos em volta da lua, isso não faria a mínima diferença para mim, ou para meu trabalho.

Eu estava a ponto de lhe perguntar que trabalho seria esse, mas algo em seu comportamento mostrou-me que a pergunta não seria bem-vinda. Contudo, refleti sobre nossa curta conversa e me esforcei para tirar minhas deduções. Ele disse que não adquiriria conhecimento que não incidisse sobre seus objetivos. Sendo assim, todo conhecimento que possuía lhe seria útil. Em minha mente, enumerei todos os vários pontos sobre os quais ele me demonstrara estar excepcionalmente bem informado. Até peguei um lápis e anotei-os. Não pude deixar de sorrir quando terminei o trabalho. Ficou assim:

SHERLOCK HOLMES – seus limites

1. Conhecimento em literatura – nulo;
2. Filosofia – nulo;
3. Astronomia – nulo;
4. Política – fraco;
5. Botânica – variável. Bem avançado em beladona, ópio e venenos em geral. Não sabe nada de jardinagem prática;
6. Geologia – prático, mas limitado. Só de olhar, diferencia um solo do outro. Depois de caminhadas, mostrou-me respingos em sua calça, e pela cor e consistência contou-me em que parte de Londres eles haviam acontecido;
7. Química – profundo;

8. Anatomia – acurado, mas não sistemático;
9. Literatura sensacionalista – imenso. Parece conhecer cada detalhe de todo o horror cometido no século;
10. Toca bem violino;
11. É um hábil lutador de bastão, boxeador e espadachim;
12. Tem bom conhecimento prático da legislação britânica.

Quando cheguei a esse ponto da minha lista, joguei-a no fogo, desesperado. Se o único jeito de eu descobrir o que o sujeito pretende for conciliar todos esses talentos e descobrir uma vocação que precise de todos eles – pensei comigo –, é melhor eu desistir de vez da tentativa.

Vejo que acima aludi a sua capacidade com o violino. Era realmente muito marcante, mas tão excêntrica quanto todos os seus outros feitos. Eu bem sabia que ele conseguia tocar peças, e peças difíceis, porque, a meu pedido, havia tocado alguns *lieder* de Mendelssohn e outras de minha preferência. Quando sozinho, no entanto, raramente produzia alguma música ou tentava qualquer melodia reconhecível. Recostado em sua poltrona no final do dia, fechava os olhos e dedilhava despreocupadamente a rabeca, largada sobre o joelho. Às vezes, os acordes eram sonoros e melancólicos; ocasionalmente, eram fantásticos e animados. Claramente, refletiam os pensamentos que o possuíam, mas eu não saberia dizer se a música ajudava esses pensamentos, ou se tocar era apenas resultado de um capricho ou desejo. Eu poderia ter me revoltado contra esses solos exasperantes se não fosse pelo fato de, normalmente, ele os encerrar tocando, em rápida sequência, toda uma série das minhas melodias preferidas, como uma leve compensação pelo suplício sobre minha paciência.

Durante a primeira semana, ou coisa assim, não tivemos visitas, e eu começava a pensar que meu companheiro fosse um homem tão sem amigos quanto eu. Logo, porém, descobri que ele tinha muitos conhecidos, e das mais diversas classes sociais. Havia um sujeitinho amarelado, com cara de rato e olhos escuros, que me foi apresentado como Mr. Lestrade e que veio três ou quatro vezes em uma única semana. Certa manhã, surgiu uma moça, vestida com elegância, e ficou por meia hora ou mais. A mesma tarde trouxe um visitante grisalho, maltrapilho, parecendo um mascate judeu, que me pareceu muito agitado e a quem logo se seguiu uma idosa desleixada. Em outra ocasião, um cavalheiro de cabelos brancos teve uma conversa com meu companheiro e, em outra, um carregador ferroviário, em seu uniforme de veludo. Quando um desses indivíduos inclassificáveis aparecia, Sherlock Holmes costumava pedir para usar a sala de visitas, e eu me retirava para meu quarto. Ele sempre se desculpava pela inconveniência que me causava.

– Preciso usar esta sala como um lugar de negócios – dizia –, e essas pessoas são meus clientes.

Mais uma vez, eu tinha uma oportunidade para lhe fazer uma pergunta direta, e mais uma vez minha cortesia impediu-me de forçar outro homem a me fazer confidências. À época, imaginei que ele tivesse algum motivo forte para não tocar no assunto, mas ele logo desfez essa ideia, falando a respeito por livre e espontânea vontade.

Foi em 4 de março, como tenho boas razões para me lembrar, que acordei um tanto mais cedo que o normal e vi que Sherlock Holmes ainda não tinha terminado seu café da manhã. A proprietária estava tão acostumada com meus hábitos tardios que meu lugar não fora colocado, nem meu café estava feito. Com a petulância insensata da humanidade, toquei a sineta e dei uma breve insinuação de que estava pronto. Depois, peguei uma revista da mesa e tentei passar tempo com ela, enquanto meu colega mastigava sua torrada, em silêncio. Um dos artigos tinha a manchete marcada a lápis, e naturalmente comecei a correr os olhos por ele.

Seu título um tanto ambicioso era "O livro da vida", e tentava mostrar o quanto um homem observador poderia aprender através de uma análise precisa e sistemática de tudo o que passasse pelo seu caminho. Aquilo me chocou como sendo um misto impressionante de perspicácia e absurdo. A argumentação era minuciosa e intensa, mas as deduções me pareceram inverossímeis e exageradas. O autor afirmava penetrar nos pensamentos mais íntimos de um homem por uma expressão momentânea, uma contração de músculo ou um olhar de relance. Segundo ele, era impossível haver um engano, no caso de a pessoa estar treinada em observação e análise. Suas conclusões eram tão infalíveis quanto tantas proposições de Euclides. Seus resultados pareceriam tão surpreendentes para os não iniciados que, a não ser que eles aprendessem o processo pelo qual tinha chegado a eles, poderiam considerá-lo um adivinho.

"De uma gota de água", dizia o autor, "um lógico poderia inferir a possibilidade de um Atlântico ou um

Niágara sem ter visto ou sabido de nenhum deles. Assim, toda vida é uma grande cadeia, cuja natureza é conhecida sempre que nos mostram um único elo seu. Como todas as artes, a Ciência da Dedução e Análise só pode ser adquirida com um extenso e paciente estudo, e a vida não é longa o bastante para permitir a qualquer mortal chegar à máxima perfeição durante ela. Que o investigador comece dominando problemas mais elementares antes de se voltar para aqueles aspectos morais e mentais do caso, que apresentam as maiores dificuldades. Que ele, ao conhecer um semelhante mortal, aprenda, com um único olhar, a distinguir a história do homem e o ofício ou a profissão que exerce. Por mais pueril que tal exercício possa parecer, ele aguça a capacidade de observação e ensina à pessoa para onde olhar e o que procurar. Pelas unhas, pela manga do casaco, pela bota, pelos joelhos da calça, pelas calosidades do dedo indicador e do polegar, por sua expressão, pelos punhos da camisa, por cada uma dessas coisas, é claramente revelada a profissão de um homem. É quase inconcebível que o conjunto disso tudo deixe de esclarecer o investigador competente, qualquer que seja o caso."

– Que bobagem inenarrável! – exclamei, batendo a revista na mesa. – Nunca li tal besteira na minha vida.

– O que é? – perguntou Sherlock Holmes.

– Ora, este artigo – eu disse, indicando-o com a colher do ovo enquanto me sentava para tomar meu café da manhã. – Vi que você leu, porque está marcado. Não nego que esteja escrito com inteligência, mas me irrita. Evidentemente, é a teoria de algum ocioso diletante, que desenvolve todos esses pequenos paradoxos esmerados no isolamento do próprio escritório. Não é prático. Eu gostaria de vê-lo exausto, em um vagão de terceira classe do metrô, e que lhe pedissem para identificar o ofício de todos os que viajavam com ele. Eu apostaria mil a um contra ele.

– Você perderia seu dinheiro – Sherlock Holmes respondeu, calmamente. – Quanto ao artigo, eu mesmo o escrevi.

– Você?!

– É, tenho uma queda por observação e dedução. As teorias que expressei ali, e que lhe parecem tão quiméricas, são de fato extremamente práticas, tão práticas que dependo delas para meu sustento.

– E como? – perguntei, involuntariamente.

– Bom, tenho um ofício único. Acho que sou o único no mundo. Sou um detetive consultor, se você consegue entender o que é isso. Aqui em Londres, temos muitos detetives oficiais e detetives particulares. Quando esses sujeitos estão perdidos, eles me procuram, e consigo colocá-los na pista certa. Eles me apresentam todas as provas e, em geral, eu consigo, com a ajuda do meu conhecimento sobre a história do crime, esclarecê-los. Existe uma forte semelhança familiar nos delitos, e se você tiver todos os detalhes de mil deles na ponta dos dedos, vai ser esquisito não conseguir desvendar o milésimo primeiro. Lestrade é um detetive conhecido. Recentemente, ele se viu confuso num caso de falsificação, e foi isso que o trouxe aqui.

– E as outras pessoas?

– A maioria é enviada por agências particulares de

investigação. São todas pessoas com algum tipo de problema, e querem certo esclarecimento. Escuto a história delas, elas escutam meus comentários, e então embolso meu pagamento.

– Mas você está querendo dizer que, sem sair do quarto, consegue desatar algum nó que outros homens não conseguem, embora eles mesmos tenham visto todos os detalhes?

– É bem isso. Tenho uma espécie de intuição nesse assunto. De vez em quando aparece um caso um pouco mais complexo. Aí, preciso me mexer e ver as coisas com meus olhos. Veja, tenho um amplo conhecimento especial que aplico ao problema e que facilita maravilhosamente as coisas. Aquelas regras de dedução, expostas no artigo que despertou seu menosprezo, me são valiosas no trabalho prático. Para mim, a observação é uma segunda natureza. Você pareceu surpreso quando eu lhe disse, no nosso primeiro encontro, que você tinha vindo do Afeganistão.

– Sem dúvida lhe disseram.

– Nada disso. Eu *sabia* que você veio do Afeganistão. Por um hábito antigo, a sequência de pensamento passou tão rápido pela minha mente que cheguei à conclusão sem estar consciente dos passos intermediários. No entanto, houve esses passos. A sequência de raciocínio foi: "Aqui está um cavalheiro que parece médico, mas com aspecto militar. Claramente, um médico do exército, então. Ele acabou de vir dos trópicos, porque seu rosto está bronzeado, e esse não é o tom da sua pele, porque os pulsos são claros. Ele passou por dificuldades e doenças, como seu rosto abatido demonstra nitidamente. Seu braço esquerdo foi machucado. Ele o segura de maneira rígida e artificial. Onde um doutor do exército inglês poderia ter encontrado tanta provação e ferido o braço? Obviamente, no Afeganistão". Toda a sequência de pensamentos não levou um segundo. Então, observei que você veio do Afeganistão, e você ficou perplexo.

– É bem simples quando você explica – eu disse, sorrindo. – Você me lembra Dupin, de Edgar Allan Poe. Eu não fazia ideia de que tais indivíduos existissem de fato, fora dos livros.

Sherlock Holmes levantou-se e acendeu seu cachimbo.

– Sem dúvida você acha que está me elogiando ao me comparar com Dupin – observou. – Ora, na minha opinião, Dupin era um sujeito bem inferior. Aquele truque dele de interromper os pensamentos dos amigos com uma observação oportuna, depois de quinze minutos de silêncio, é realmente muito pretensioso e superficial. Não há dúvida de que ele tivesse algum talento analítico, mas não era de modo algum um fenômeno, como Poe parecia imaginar.

– Você leu os livros de Gaboriau? – perguntei. – Lecoq está à altura da sua ideia de um detetive?

Sherlock Holmes fungou, sardonicamente:

– Lecoq era um trapalhão miserável – disse, com uma voz irritada. – Só tinha uma coisa que o recomendava, que era sua energia. Aquele livro realmente me deixou doente. A questão era como identificar um prisioneiro desconhecido. Eu poderia ter feito isso em 24 horas. Lecoq levou seis meses, ou coisa assim. Aquilo poderia virar um manual para detetives, para ensinar-lhes o que evitar.

Senti-me bastante indignado por ter dois personagens que eu admirava tratados daquela maneira arrogante. Fui até a janela e fiquei olhando para a rua movimentada. *Esse sujeito deve ser muito inteligente, mas com certeza é muito pretensioso*, disse comigo mesmo.

– Hoje em dia, não existem crimes, nem criminosos – ele disse, lamentando. – De que adianta ter cérebro em nossa profissão? Sei muito bem que tenho tudo para tornar meu nome famoso. Não existe, nem nunca existiu um homem que, como eu, tivesse trazido tanto estudo e tanto talento natural para a solução de um crime. E qual é o resultado? Não existe crime a ser solucionado ou, no máximo, alguma patifaria desastrada que até um agente da Scotland Yard poderia resolver.

Eu ainda estava aborrecido com o estilo prepotente de sua conversa. Achei melhor mudar de assunto.

– O que aquele sujeito estará procurando? – perguntei, apontando para um indivíduo robusto, vestido com simplicidade, que caminhava lentamente no outro lado da rua, olhando ansioso para os números. Tinha um grande envelope azul na mão e, evidentemente, era portador de uma mensagem.

– Você está se referindo ao sargento aposentado da Marinha – disse Sherlock Holmes.

*Como é exibido!*, pensei. *Ele sabe que não posso verificar seu palpite.*

O pensamento mal tinha passado pela minha mente quando o homem que estávamos observando avistou o número da nossa porta e atravessou a rua rapidamente. Ouvimos uma batida forte, uma voz grave lá embaixo e passos pesados subindo a escada.

– Para Mr. Sherlock Holmes – ele disse, entrando na sala e entregando a carta a meu amigo.

Ali estava uma oportunidade para lhe tirar a vaidade. Ele mal pensara nisso quando soltou aquele palpite a esmo.

– Posso perguntar, meu rapaz – eu disse, na voz mais suave –, qual é seu ofício?

– Mensageiro, senhor – ele disse, rispidamente. – Meu uniforme está no conserto.

– E você era...? – perguntei, com um olhar levemente malicioso para meu companheiro.

– Sargento, senhor, da Infantaria Ligeira da Marinha Real, senhor. Não tem resposta? Certo, senhor.

Ele bateu os calcanhares, ergueu a mão em continência e se foi.

*Capítulo 3*

# O MISTÉRIO DE LAURISTON GARDENS

Confesso que fiquei consideravelmente atônito com essa recente prova da natureza prática das teorias do meu colega. Meu respeito por seu poder de análise cresceu de maneira espantosa. No entanto, na minha mente ainda rondava uma suspeita de que a coisa toda fosse um episódio previamente combinado com a intenção de me impressionar, ainda que me escapasse à compreensão o que Holmes poderia ganhar com isso. Quando olhei para ele, acabara de ler o recado, e seus olhos tinham assumido a expressão vaga, sem brilho, que indicava sua abstração.

– Como você deduziu aquilo? – perguntei.

– Deduzi o quê? – ele disse, com petulância.

– Ora, que ele era um sargento aposentado dos fuzileiros navais.

– Não tenho tempo para bobagens – respondeu bruscamente. Depois, com um sorriso: – Desculpe minha rudeza. Você interrompeu o fio dos meus pensamentos, mas talvez tenha sido melhor. Então, você de fato não consegue ver que o homem foi sargento dos fuzileiros navais?

– Na verdade, não.

– Era mais fácil perceber isso do que explicar como eu soube. Se lhe pedissem para provar que dois mais dois são quatro, você poderia ter alguma dificuldade, e ainda assim você tem bastante certeza disso. Mesmo do outro lado da rua, pude ver uma grande âncora azul tatuada nas costas da mão do sujeito. Aquilo cheirava a mar. Contudo, ele tinha uma postura militar e as costeletas regulamentares. Aí temos o fuzileiro naval. Ele era um homem com certo ar de importância e de comando. Você deve ter observado a maneira como sustentava a cabeça e balançava a bengala. Um homem que também aparentava ser maduro, respeitável, equilibrado. Todos esses fatos me levaram a acreditar que havia sido sargento.

– Maravilhoso! – exclamei.

– Uma banalidade – disse Holmes, embora, pela sua expressão, eu percebesse que estava satisfeito com a evidência da minha surpresa e admiração. – Eu tinha acabado de dizer que não havia criminosos. Ao que parece, me enganei. Veja isto! – e me jogou o recado trazido pelo mensageiro.

– Nossa! – exclamei ao dar uma olhada. – Isto é terrível!

– Realmente, parece um pouco fora do comum – ele observou calmamente. – Você se incomodaria de ler em voz alta?

Esta é a carta que li para ele:

*Meu caro Mr. Sherlock Holmes,*

*Tivemos uma fatalidade nesta noite, em Lauriston Gardens, número 3, próximo à Street Brixton. Durante sua ronda, nosso homem viu uma luz ali, por volta das duas da madrugada, e como a casa estava vazia, desconfiou de que houvesse algo errado. Encontrou a porta aberta, e na sala da frente, sem móveis, descobriu o corpo de um cavalheiro bem vestido, com cartões no bolso com o nome "Enoch J. Drebber, Cleveland, Ohio, Estados Unidos". Não houve roubo, nem existe qualquer indício de como o homem encontrou a morte. A sala tem manchas de sangue, mas o corpo não apresenta ferimentos. Não sabemos como o homem entrou na casa vazia; na verdade, o caso todo é um enigma. Se o senhor puder ir até lá a qualquer hora antes do meio-dia, me encontrará. Deixei tudo* in status quo *até receber notícias suas. Se não puder ir, lhe darei maiores detalhes, e apreciaria demais sua gentileza, caso pudesse me agraciar com sua opinião.*

*Seu leal,*
*Tobias Gregson*

– Gregson é o mais inteligente dentre os que trabalham na Scotland Yard – meu amigo observou. – Ele e Lestrade são os que se salvam em um grupo lamentável. Os dois são rápidos e ativos, mas convencionais, chocantemente convencionais. Também não se bicam. São tão ciumentos quanto uma dupla de profissionais de beleza. Esse caso vai ser um pouco divertido se os dois estiverem investigando.

Fiquei espantado com a maneira calma com que ele teceu suas considerações.

– Com certeza não existe tempo a perder – exclamei. – Devo chamar um fiacre para você?

– Não tenho certeza se vou. Sou o homem mais preguiçoso que já caminhou na face da Terra; quero dizer, quando me convém, porque às vezes posso ser bem rápido.

– Ora, esta é a chance com a qual você sonhava!

– Meu caro colega, o que me importa? Supondo que eu decifre o caso todo, pode estar certo de que Gregson, Lestrade e Cia. ficarão com todo o crédito. É isso que acontece quando se é um personagem não oficial.

– Mas ele está lhe implorando para ajudá-lo!

– É. Ele sabe que sou melhor que ele, e reconhece isso para mim, mas cortaria a língua fora antes de confessar a um terceiro. No entanto, podemos ir e dar uma olhada. Devo trabalhar nisso por conta própria. No mínimo, posso caçoar deles. Vamos lá!

Ele se apressou a vestir o casaco e se agitou de tal maneira que ficou claro que um acesso energético havia suplantado a apatia de antes.

– Pegue seu chapéu – disse.

– Você quer que eu vá?

– Quero, se não tiver nada melhor a fazer.

Um minuto depois, estávamos os dois em um fiacre, seguindo loucamente para a Brixton Street.

Era uma manhã enevoada, e um manto de cor parda pendia sobre o alto das casas, parecendo o reflexo das ruas lamacentas abaixo. Meu companheiro estava na melhor disposição, e tagarelou sobre os violinos Cremona e a diferença entre um Stradivarius e um Amati. Quanto a mim, estava calado, porque o tempo ruim e o melancólico caso em que estávamos envolvidos me deixavam deprimido.

– Você não parece se preocupar muito com o assunto em questão – eu disse, por fim, interrompendo a dissertação musical de Holmes.

– Ainda não tenho dados – ele respondeu. – É um erro primordial teorizar antes de se ter todas as evidências. Isso influencia o julgamento.

– Logo você terá seus dados – observei, apontando com o dedo. – Esta é a Brixton Street, e aquela é a casa, se eu não estiver muito enganado.

– Tem razão. Pare, cocheiro, pare! – Ainda estávamos a uns cem metros do local, mas ele insistiu para que descêssemos e terminássemos o caminho a pé.

O número 3 de Lauriston Gardens tinha uma aparência de mau agouro e ameaça. Era uma das quatro casas que ficavam um pouco afastadas da rua, duas delas ocupadas e duas vazias. A última espreitava com janelas em três níveis, vazias e melancólicas, sombrias e inexpressivas, salvo, aqui e ali, uma placa de "Aluga-se", que aparecia como uma catarata sobre as vidraças turvas. Um jardinzinho salpicado com uma erupção difusa de plantas sofridas separava da rua cada uma dessas casas e era cortado por um caminho estreito, de cor amarelada, aparentemente uma mistura de argila e cascalho. Tudo estava muito enlameado por causa da chuva que caíra durante a noite. O jardim era delimitado por um muro de tijolos de pouco menos de um metro, arrematado por uma grade de madeira. Junto a esse muro estava apoiado um policial robusto, cercado por um pequeno amontoado de desocupados, que esticavam o pescoço e forçavam a vista na vã esperança de conseguir algum vislumbre do que acontecia lá dentro.

Eu havia imaginado que Sherlock Holmes entraria na casa de imediato e passaria a analisar o mistério. Nada pareceu mais distante da sua intenção. Com um ar despreocupado que, sob tais circunstâncias, me aparentou beirar a afetação, ele vagou de um lado a outro da calçada olhando vagamente para o chão, o céu, as casas em frente e a fileira de grades. Terminado seu minucioso exame, seguiu lentamente pelo passeio, ou melhor, pela beirada de grama que o ladeava, mantendo os olhos fixos no chão. Parou duas vezes, e em uma delas o vi sorrindo e o escutei soltar uma exclamação satisfeita. Havia muitas pegadas no solo barrento e úmido, mas como a polícia andara indo e vindo sobre ele, não consegui entender como meu colega poderia esperar descobrir qualquer coisa ali. Ainda assim, eu tivera uma prova tão extraordinária da rapidez de sua capacidade perceptiva que não tive dúvida de que ele poderia ver uma grande parte do que, para mim, permanecia oculto.

À porta da casa, fomos recebidos por um homem alto, pálido, de cabelos loiros, com um bloco de anotações em mãos, que se adiantou às pressas e apertou efusivamente a mão do meu companheiro.

– Foi realmente gentil da sua parte ter vindo – disse. – Deixei tudo intocado.

– Menos isso! – meu amigo respondeu, indicando o caminho. – Se um rebanho de búfalos tivesse passado por ali, a confusão não seria maior. No entanto, não há dúvida de que você tenha tirado suas próprias conclusões, Gregson, antes de permitir isso.

– Tive muita coisa para fazer dentro da casa – o detetive

disse, evasivo. – Meu colega, Mr. Lestrade, está aqui. Confiei que ele cuidaria disso.

Holmes olhou para mim e ergueu as sobrancelhas sardonicamente.

– Com dois homens de gabarito como você e Lestrade na área, não haverá grande coisa para um terceiro descobrir – disse.

Gregson esfregou as mãos, satisfeito consigo mesmo.

– Acredito que fizemos todo o possível – respondeu –, mas é um caso esquisito, e conheço seu gosto por esse tipo de coisa.

– Você veio até aqui de fiacre? – perguntou Sherlock Holmes.

– Não, senhor.

– Nem Lestrade?

– Não, senhor.

– Então vamos dar uma olhada na sala. – Com tal observação inconsequente, ele entrou na casa, seguido por Gregson, cuja fisionomia expressava perplexidade.

Um corredor curto, com assoalho em tábuas de madeira, levava à cozinha e à área de serviço. Duas portas saíam dele, à esquerda e à direita. Uma delas estava claramente fechada havia semanas. A outra pertencia à sala de jantar, local em que acontecera o misterioso caso. Holmes entrou, e fui atrás, com aquele sentimento contido no coração, inspirado pela presença da morte.

Era um cômodo grande e quadrado, parecendo ainda maior pela total ausência de móveis. Um papel comum e ostentoso enfeitava as paredes, mas tinha manchas de mofo em alguns pontos e, em vários lugares, grandes tiras haviam se despregado e pendiam, expondo o estuque amarelo por debaixo. Em frente à porta havia uma lareira chamativa, encimada por uma cornija que imitava mármore branco, e em um dos seus cantos achava-se grudado um toco de vela vermelha. A única janela estava tão suja que a luz entrava nebulosa e incerta, conferindo a tudo um tom cinza opaco intensificado pela densa camada de poeira que revestia o cômodo.

Observei esses detalhes depois. No momento em questão, meu foco estava na figura imóvel, sinistra, que jazia esticada sobre o assoalho de madeira, com olhos vazios e sem vida mirando o teto desbotado. Era um homem de 43, 44 anos, estatura média, ombros largos, cabelos pretos encaracolados e barba rente. Vestia uma sobrecasaca de casimira fina, colete, calça de cor clara, colarinho e punhos imaculados. No chão, a seu lado, uma cartola bem escovada e em ótimo estado. Suas mãos estavam fechadas e os braços, abertos, enquanto as pernas estavam entrelaçadas, como se sua luta contra a morte tivesse sido penosa. No rosto rígido havia uma expressão de horror e, pelo que me pareceu, de raiva, como eu nunca havia visto em um semblante humano. Essa contorção maligna e terrível, combinada com a testa curta, o nariz chato e o maxilar prognata davam ao falecido uma aparência singularmente simiesca, reforçada pela postura antinatural, retorcida. Já vi vários tipos de morte, mas ela nunca me apareceu sob aspecto mais temível do que naquele cômodo escuro e encardido, que dava para uma das principais vias da Londres suburbana.

Lestrade, magro e parecendo a fuinha de sempre, estava parado à porta e cumprimentou meu colega e a mim.

– Este caso vai dar o que falar, senhor – ele observou. – Bate qualquer coisa que eu tenha visto, e não sou nenhum principiante.

– Nenhuma pista? – perguntou Gregson.

– Nada de nada – retorquiu Lestrade.

Sherlock Holmes aproximou-se do corpo e, ajoelhando-se, examinou-o intensamente.

– Têm certeza de que não há ferimento? – perguntou, apontando para numerosas gotas e manchas de sangue a toda volta.

– Absoluta! – exclamaram ambos os detetives.

– Então, logicamente, este sangue pertence a um segundo indivíduo, provavelmente o assassino, se é que houve assassinato. Isso me lembra as circunstâncias da morte de Van Jansen, em Utrecht, no ano de 1834. Você se lembra desse caso, Gregson?

– Não, senhor.

– Releia-o. Você deveria mesmo. Não existe nada de novo sob o sol. Tudo já foi feito antes.

Enquanto ele falava, seus dedos ligeiros voavam de um canto a outro, sentindo, pressionando, desabotoando, examinando, enquanto seus olhos mantinham a expressão distante que eu já havia observado. O exame transcorreu com tanta rapidez que mal se poderia imaginar a minúcia com que foi feito. Por fim, ele cheirou os lábios do morto e deu uma olhada nas solas de suas botas de couro envernizado.

– Ele não foi nem um pouco mexido? – perguntou.

– Nada além do necessário para que pudéssemos examiná-lo.

– Já podem levá-lo para o necrotério – disse. – Não há nada mais a descobrir.

Gregson tinha uma maca e quatro homens à disposição. A seu chamado, eles entraram na sala, e o desconhecido foi erguido e retirado. Ao levantarem-no, um anel caiu tilintando e rolou pelo chão. Lestrade pegou-o e olhou para ele com uma expressão surpresa.

– Uma mulher esteve aqui – exclamou. – É uma aliança de mulher.

Enquanto falava, colocou-a sobre a palma da mão. Juntamo-nos ao redor dele e ficamos olhando para a aliança. Não poderia haver dúvida de que aquele anel de ouro puro um dia enfeitara o dedo de uma noiva.

– Isso complica as coisas – disse Gregson. – Sabe Deus que elas já estavam bastante complicadas.

– Tem certeza de que isso não simplifica tudo? – observou Holmes. – Não existe nada a descobrir olhando para ele. O que você achou nos bolsos do sujeito?

– Está tudo aqui – disse Gregson, apontando para um amontoado de objetos sobre um dos primeiros degraus da escada. – Um relógio Barraud de ouro, número 97163, de Londres; uma corrente Albert de ouro maciço, muito pesada; um anel de ouro com um emblema maçônico; um alfinete de ouro com cabeça de buldogue e olhos de rubi; um porta-cartões de couro russo com cartões de Enoch J. Drebber, de Cleveland, correspondendo ao monograma E. J. D. nas roupas brancas. Nenhuma carteira, mas um dinheiro solto somando sete libras e treze xelins. Uma edição de bolso de *O Decamerão*, de Boccaccio, com o nome de Joseph Stangerson na folha de guarda. Duas cartas, uma endereçada a E. J. Drebber e outra a Joseph Stangerson.

– Em que endereço?

– American Exchange, Strand, para serem retiradas. As duas vêm da Empresa de Navegação a Vapor Guion e referem-se à partida de seus navios de Liverpool. Está claro que este pobre homem pretendia voltar a Nova York.

– Vocês fizeram alguma investigação sobre esse homem, Stangerson?

– De imediato, senhor – disse Gregson. – Mandei que fossem enviados anúncios para todos os jornais, e um dos meus homens foi até o American Exchange, mas ainda não voltou.

– Acionaram Cleveland?

– Telegrafamos hoje de manhã.

– Como vocês colocaram suas perguntas?

– Simplesmente detalhamos as circunstâncias e dissemos que ficaríamos satisfeitos com qualquer informação que pudesse nos ajudar.

– Vocês não perguntaram nada específico sobre algum ponto que lhes parecesse crucial?

– Perguntei sobre Stangerson.

– Nada mais? Não existe alguma circunstância de que todo este caso pareça depender? Vocês não vão telegrafar de novo?

– Eu já disse tudo o que tinha para dizer – respondeu Gregson, num tom ofendido.

Sherlock Holmes deu uma risadinha discreta, e parecia prestes a fazer uma observação quando Lestrade, que estivera na sala da frente enquanto conversávamos no corredor, voltou à cena, esfregando as mãos de um jeito pomposo e satisfeito.

– Mr. Gregson – ele disse. – Acabei de fazer uma descoberta da maior importância e que passaria despercebida caso eu não tivesse examinado as paredes com cuidado.

Os olhos do homenzinho brilhavam enquanto ele falava, e ele claramente continha seu regozijo por ter marcado um ponto contra o colega.

– Venha cá – disse, voltando rapidamente para a sala, cujo clima parecia mais leve desde a retirada do seu horrível ocupante. – Agora fique ali!

Acendeu um fósforo na bota e segurou-o junto à parede.

– Olhe isto! – disse, triunfante.

Eu tinha reparado que o papel se despregara em alguns pontos. Naquele canto da sala, em particular, um grande pedaço se desprendera, deixando um quadrado amarelo de estuque. Ao longo desse espaço aberto estava rabiscada uma única palavra, com letras vermelho-sangue: RACHE.

– O que acham disto? – exclamou o detetive, com ar de um *showman* exibindo seu número. – Passou despercebido porque estava no canto mais escuro da sala, e ninguém pensou em olhar ali. O assassino, ou a assassina, escreveu com o próprio sangue. Veja este escorrido que ele deixou na parede! Seja como for, isto descarta a ideia de suicídio. Por que aquele canto foi escolhido para escreverem? Eu lhes digo. Estão vendo aquela vela na lareira? Estava acesa naquele momento, e se estava acessa, este canto seria a parte mais clara, e não a mais escura da parede.

– E agora que você descobriu isso, o que significa? – perguntou Gregson, num tom depreciativo.

– O que significa? Ora, significa que quem escreveu ia colocar o nome feminino Rachel, mas foi incomodado antes de ter tempo para terminar. Guarde minhas palavras, quando este caso for esclarecido, você vai descobrir que uma mulher chamada Rachel tinha algo a ver com ele. Tudo bem o senhor rir, Mr. Sherlock Holmes. O senhor pode ser muito inteligente e esperto, mas, no frigir dos ovos, o velho sabujo é quem sai ganhando.

– Eu realmente peço desculpas! – disse meu colega, que havia irritado o homenzinho ao cair numa explosão de gargalhada. – O senhor realmente tem o crédito por ter sido o primeiro dentre nós a descobrir isto e, como o senhor diz, tem todo o jeito de ter sido escrito pelo outro participante do mistério de ontem à noite. Ainda não tive tempo de examinar este cômodo, mas, com sua licença, vou fazê-lo agora.

Enquanto falava, ele tirou do bolso uma fita métrica e uma grande lente redonda. Com esses dois objetos, andou em silêncio pela sala, às vezes parando, outras vezes ajoelhando-se, e uma vez esticando-se de bruços no chão. Estava tão entretido com sua tarefa que parecia ter esquecido nossa presença, porque o tempo todo conversava baixinho consigo mesmo, numa saraivada de exclamações, gemidos, assobios e gritinhos sugestivos de encorajamento e esperança. Enquanto eu o observava, veio-me a irresistível lembrança de um cão de caça puro-sangue, bem treinado, que anda de lá para cá pelo mato, ganindo em sua ansiedade, até recuperar o faro perdido. Por vinte minutos ou mais, ele prosseguiu em sua investigação, medindo com a maior precisão a distância entre marcas que, para mim, eram totalmente invisíveis, e de tempos em tempos colocando a fita métrica nas paredes de um modo igualmente incompreensível. Em um lugar, recolheu do chão, com cuidado, uma pequena pilha de pó cinza e guardou-a em um envelope. Por fim, examinou com a lente a palavra na parede, analisando cada letra com a mais detalhada exatidão. Feito isto, pareceu satisfeito, porque voltou a guardar a fita métrica e a lente no bolso.

– Dizem que talento é uma capacidade infinita para se esforçar – observou com um sorriso. – É uma definição péssima, mas de fato aplica-se ao trabalho de detetive.

Gregson e Lestrade haviam testemunhado, com considerável curiosidade e certo menosprezo, as manobras de seu colega diletante. Evidentemente, tinham deixado de apreciar o fato, que eu começara a perceber, de que todos os menores gestos de Sherlock Holmes dirigiam-se a uma finalidade definida e prática.

– Qual é sua opinião, senhor? – ambos perguntaram.

– Se eu me atrevesse a ajudá-los, estaria lhes roubando o mérito do caso – considerou meu amigo. – Vocês agora estão indo tão bem que seria uma pena alguém interferir. – Enquanto ele falava, havia uma ponta de sarcasmo em sua voz. – Se me puserem a par do desenrolar de suas investigações – continuou –, ficarei feliz em ajudá-los no que for possível. Enquanto isso, gostaria de falar com o policial que encontrou o corpo. Poderiam me dar seu nome e endereço?

Lestrade olhou em seu bloco de anotações.

– John Rance – disse. – Está de folga, agora. O senhor vai encontrá-lo no número 46 da Audley Court, Kennington Park Gate.

Holmes anotou o endereço.

– Vamos lá, doutor, temos que ir até ele. Vou lhes dizer uma coisa que poderia ajudar no caso – disse ele, voltando-se para os dois detetives. – Foi cometido um assassinato, e o assassino é um homem. Tem mais de um metro e oitenta, está no auge da vida, seus pés são pequenos para sua altura. Usava botas rústicas de bico quadrado e fumava um charuto Trichinopoly. Veio para cá com sua vítima num fiacre de quatro rodas, puxado por um cavalo com três ferraduras velhas e uma nova, na pata dianteira. Com toda a probabilidade, o assassino tem um rosto corado, e as unhas de sua mão direita são notavelmente compridas. Essas são apenas algumas indicações, mas podem ajudar vocês.

Lestrade e Gregson se entreolharam com um sorriso incrédulo.

– Se aquele homem foi assassinado, como aconteceu isso? – perguntou o primeiro.

– Veneno – disse Sherlock Holmes brevemente, e saiu. – Mais uma coisa, Lestrade – acrescentou, virando-se ao chegar à porta. – "RACHE" é "vingança" em alemão, então não perca tempo procurando Miss Rachel.

Com essa fala incisiva como despedida, ele se foi, deixando os dois rivais boquiabertos.

*Capítulo 4*

## O QUE JOHN RANCE TINHA A DIZER

Era uma da tarde quando saímos do número 3 de Lauriston Gardens. Sherlock Holmes levou-me para o posto de telégrafo mais próximo, onde despachou um longo telegrama. Depois, chamou um fiacre e mandou o cocheiro nos levar ao endereço dado por Lestrade.

– Não existe nada como uma prova em primeira mão – comentou. – Na verdade, já tenho a mente totalmente decidida em relação ao caso, mas ainda podemos muito bem saber tudo o que ainda falta ser esclarecido.

– Você me surpreende, Holmes – eu disse. – Sem dúvida você não tem tanta certeza, como fingiu ter, de todos aqueles detalhes que mencionou.

– Não tem como haver erro – ele respondeu. – A primeiríssima coisa que observei ao chegar lá foi que um fiacre havia feito dois sulcos com as rodas próximo ao meio-fio. Ora, até ontem à noite, fazia uma semana que não chovia, de modo que aquelas rodas que deixaram uma impressão tão profunda devem ter ficado ali durante a noite. Também havia marcas dos cascos do cavalo, sendo que o contorno de uma delas era muito mais bem delineado do que o das outras três, mostrando que aquela era uma ferradura nova. Uma vez que o fiacre esteve lá depois de a chuva ter começado, e não estava lá hora nenhuma durante a manhã (tenho a palavra de Gregson quanto a isso), deduz-se que deva ter ficado ali durante a noite e, sendo assim, foi ele quem levou aqueles dois indivíduos até a casa.

– Isso parece bem simples – eu disse. – Mas e a altura do outro homem?

– A altura de um homem, em nove de dez casos, pode ser avaliada pelo comprimento de seu passo. É um cálculo muito simples, embora não haja necessidade de entediá-lo com números. Consegui o passo desse sujeito tanto no barro lá fora, quanto na poeira de dentro. Então, tive como checar meu cálculo. Quando um homem escreve em uma parede, seu instinto leva-o a escrever mais ou menos na altura dos próprios olhos. Ora, aquela escrita estava exatamente a um metro e oitenta do chão. Brincadeira de criança.

– E a idade dele?

– Bom, se um homem pode dar um passo de um metro e trinta sem o menor esforço, não pode estar no outono da vida. Era essa a largura de uma poça na calçada do jardim que ele, evidentemente, atravessou. As botas de couro envernizado contornaram, e as de bico quadrado pularam. Não existe nenhum mistério nisso. Só estou aplicando na vida cotidiana alguns dos preceitos de observação e dedução que defendi naquele artigo. Tem mais alguma coisa que o intrigue?

– As unhas e o Trichinopoly – sugeri.

– A escrita na parede foi feita com um dedo indicador masculino mergulhado em sangue. Minha lente permitiu-me observar que o gesso ficou ligeiramente arranhado quando ela foi feita, o que não teria acontecido se a unha do homem estivesse aparada. Recolhi algumas cinzas espalhadas no chão. Eram escuras e flocosas. Esse tipo de cinza só é feito por um Trichinopoly. Estudei especialmente cinzas de charutos. Na verdade, escrevi uma monografia sobre o assunto. Eu me orgulho de, com uma olhada, poder distinguir a cinza de qualquer marca conhecida, seja de charuto ou de tabaco. É exatamente em tais detalhes que o detetive capacitado difere do tipo de Gregson e Lestrade.

– E o rosto corado?

– Ah, isso foi um palpite mais ousado, embora eu não tenha dúvida de estar certo. Você não deve me perguntar isso no atual estado das coisas.

Passei a mão na testa.

– Minha cabeça está rodando – observei. – Quanto mais uma pessoa pensa a respeito, mais aumenta o mistério. Como é que esses dois homens, se eram dois homens, entraram numa casa vazia? O que aconteceu com o cocheiro do fiacre que os levou? Como um homem poderia obrigar outro a tomar veneno? De onde veio o sangue? Qual foi o motivo do assassinato, uma vez que não houve roubo? Como o anel de mulher foi parar lá? Acima de tudo, por que o segundo homem escreveria a palavra alemã "RACHE" antes de ir embora? Confesso que não consigo ver qualquer possibilidade de conciliar todos esses fatos.

Meu companheiro sorriu, com aprovação.

– Você resumiu bem as dificuldades da situação, e de maneira sucinta – ele disse. – Ainda tem muita coisa obscura, mas já me decidi sobre os fatos principais. Quanto à descoberta do pobre Lestrade, foi simplesmente um subterfúgio com a intenção de colocar a polícia numa pista errada, sugerindo socialismo e sociedades secretas. Não foi escrita por um alemão. Se você tiver reparado, o A foi escrito um pouco como a moda alemã. Agora, um verdadeiro alemão escreve em letra de forma, invariavelmente com caracteres latinos, de modo que podemos afirmar com certeza que aquilo não foi escrito por um, mas por um imitador desajeitado que foi além da conta. Foi apenas um estratagema para desviar a investigação para uma via errada. Não vou contar muito mais sobre o caso, doutor. Você sabe que, depois de explicar um truque, um ilusionista perde seu mérito, e se eu lhe revelar demais o meu método de trabalho, você chegará à conclusão de que, no fim das contas, não passo de um sujeito bem comum.

– Eu nunca acharia isto – respondi. – Você tornou a investigação algo tão próximo de uma ciência exata como jamais aconteceria neste mundo.

Meu colega corou de prazer com minhas palavras e com a maneira sincera com que as proferi. Eu já tinha notado que ele era tão sensível a um elogio em relação a sua arte quanto qualquer moça em relação a sua beleza.

– Vou lhe dizer mais uma coisa – ele disse. – O couro envernizado e o bico quadrado chegaram juntos no mesmo fiacre, e seguiram juntos, na maior amizade possível, de braço dado, com toda a probabilidade. Quando eles entraram, andaram de lá para cá na sala, ou melhor, couro envernizado ficou parado enquanto bico quadrado ia de um lado a outro. Pude perceber tudo isso na poeira; e pude perceber que, conforme ele andava, foi ficando mais e mais agitado. Isso se vê pelo tamanho cada vez maior dos passos. O tempo todo ele ficou falando e, sem dúvida, se enraivecendo até ficar furioso. Então, aconteceu a tragédia. Agora, já lhe contei tudo o que sei, porque o resto é mera suposição e conjetura. No entanto, temos uma boa base de onde começar a trabalhar. Precisamos nos apressar, porque hoje à tarde quero ir ao concerto do Halle escutar Norman-Neruda.

Essa conversa transcorreu enquanto nosso fiacre seguia por uma longa sucessão de ruas sujas e vielas sombrias. Na mais suja e sombria delas, nosso cocheiro parou repentinamente.

– Ali está Audley Court – disse, apontando para uma abertura estreita na fileira de tijolos sem cor. – Os senhores me encontrarão aqui quando voltarem.

Audley Court não era um lugar atraente. A passagem estreita nos levou a um quadrilátero pavimentado com lajes e contornado por moradias sórdidas. Passamos em meio a grupos de crianças sujas e varais com roupas de cama desbotadas até chegarmos ao número 46, cuja porta trazia uma tirinha de latão em que estava gravado o nome Rance. Ao perguntarmos, soubemos que o policial estava na cama, e nos levaram para uma salinha da frente para aguardar sua chegada.

Ele logo apareceu, demonstrando certa irritação por ter sido perturbado em seu sono.

– Fiz meu relato na delegacia – disse.

Holmes tirou meia libra de ouro do bolso e brincou com ela, pensativo.

– Nós achamos que gostaríamos de ouvir tudo da sua própria boca – disse.

– Eu ficaria felicíssimo de lhe contar o que puder – respondeu o policial, com os olhos no pequeno disco de ouro.

– Só nos conte, à sua maneira, tudo o que aconteceu.

Rance sentou-se no sofá estofado com crina e juntou as sobrancelhas, como que determinado a não omitir nada em sua narrativa.

– Vou contar desde o começo – disse. – Meu turno é das dez da noite até seis da manhã. Às onze. houve uma briga no White Hart, mas fora isso tudo estava bem calmo na ronda. À uma hora, começou a chover, e encontrei Harry Murcher, que faz a ronda de Holland Grove, e ficamos juntos na esquina da Henrietta Street, conversando. Logo, talvez por volta das duas, ou um pouco depois, pensei em dar uma volta e ver se estava tudo bem na Brixton Road. Ela estava bem suja e vazia. Não encontrei vivalma durante todo o caminho, embora um ou dois fiacres tenham passado por mim. Eu ia caminhando, pensando em como cairiam bem quatro dedos de gim quente, quando o brilho de uma luz na janela daquela mesma casa chamou a minha atenção. Ora, eu sabia que aquelas duas casas em Lauriston Gardens estavam vazias, porque o sujeito que é dono delas não manda limpar a fossa, embora o último inquilino de uma delas tenha morrido de febre tifoide. Fiquei muito surpreso, então, por ver uma luz na janela, e desconfiei que tivesse alguma coisa errada. Quando cheguei à porta...

– Você parou e depois voltou para o portão do jardim – meu colega interrompeu. – Por que fez isso?

Rance teve um sobressalto violento, e olhou para Sherlock Holmes com o maior espanto.

– Bom, isso é verdade, senhor – disse –, embora só Deus saiba como o senhor tomou conhecimento disso. Veja, quando cheguei à porta, estava tão quieto e solitário que pensei que não ia fazer mal ter alguém comigo. Eu não tenho medo de nada do lado de cá da tumba, mas pensei que talvez fosse aquele que morreu de tifoide inspecionando a fossa que matou ele. O pensamento me deu um tipo de choque, e voltei até o portão para ver se avistava a lanterna de Murcher, mas não havia sinal dele, nem de ninguém.

– Não havia ninguém na rua?

– Nem vivalma, senhor, nem mesmo um cachorro. Então, me controlei, voltei e empurrei a porta. Estava tudo em silêncio lá dentro, então fui até a sala em que tinha uma luz brilhando. Havia uma vela acesa sobre a lareira, uma vela vermelha, e com aquela luz eu vi...

– É, eu sei o que você viu. Você andou pela sala várias vezes, ajoelhou-se junto ao corpo, depois continuou andando e tentou a porta da cozinha, e então...

John Rance ficou de pé em um pulo, amedrontado, o olhar desconfiado.

– Onde é que o senhor estava escondido para ver tudo isso? – exclamou. – Me parece que o senhor sabe muito mais do que deveria.

Holmes riu e jogou seu cartão sobre a mesa, para o policial.

– Não vá me prender pelo assassinato – disse. – Sou um dos sabujos, não o lobo. Mr. Gregson ou Mr. Lestrade confirmarão isso. Mas continue. O que fez em seguida?

Rance voltou a se sentar, sem, contudo, perder a expressão estupefata.

– Voltei para o portão e toquei meu apito. Isso trouxe Murcher e mais dois ao local.

– A rua estava vazia nessa hora?

– Bom, estava, no que diz respeito a qualquer um que pudesse servir para alguma coisa.

– O que quer dizer?

Os traços do policial abriram-se num sorriso.

– Já vi muito bêbado na minha vida – ele disse –, mas nunca um tão acabado como aquele. Estava no portão quando eu saí, encostado na grade e cantando, a plenos pulmões, canções patrióticas americanas, ou coisa do tipo. Não conseguia ficar em pé, muito menos ajudar.

– Que tipo de homem era? – perguntou Sherlock Holmes.

John Rance pareceu ficar um tanto irritado com a digressão.

– Era um tipo pra lá de bêbado – disse. – Iria parar na delegacia se não estivéssemos tão ocupados.

– O rosto dele, a roupa, você não reparou nisso? – Holmes interrompeu, impaciente.

– Eu deveria achar que reparei, já que tive que levantá-lo, eu e Murcher. Era um cara alto, de rosto vermelho, com a parte de baixo da face coberta.

– Isso já basta – exclamou Holmes. – O que aconteceu com ele?

– A gente já tinha coisa demais para fazer para ter que se preocupar com ele – o policial disse, num tom queixoso. – Aposto que não teve problema para chegar em casa.

– Como estava vestido?

– Com um sobretudo marrom.

– Tinha um chicote na mão?

– Um chicote... não.

– Deve tê-lo largado para trás – murmurou meu companheiro. – Por acaso você não viu ou escutou um fiacre depois disso?

– Não.

– Aqui está meia libra de ouro para você – meu companheiro disse, levantando-se e pegando o chapéu. – Acho, Rance, que você não vai longe na polícia. Essa sua cabeça deveria ser usada, além de servir de enfeite. Você poderia ter ganhado sua divisa de sargento ontem à noite. O homem que você tinha em mãos é o homem que tem a chave do mistério, e quem estamos procurando. Agora, não adianta discutir sobre isso; estou dizendo que foi o que aconteceu. Vamos embora, doutor.

Saímos juntos em direção ao fiacre, deixando nosso informante incrédulo, mas, logicamente, desassossegado.

– O idiota desastrado – Holmes disse com amargura enquanto voltávamos para casa. – E pensar que ele teve aquela incomparável boa sorte e não tirou vantagem dela!

– Continuo no escuro. É verdade que a descrição daquele homem bate com sua ideia da segunda parte desse mistério, mas por que ele voltaria à casa depois de sair dela? Não é assim que os criminosos agem.

– O anel, homem, o anel. Ele voltou por causa disso. Se não tivermos outra maneira de capturá-lo, sempre poderemos usar o anel como isca. Vou pegá-lo, doutor. Aposto dois contra um que vou pegá-lo. Devo agradecer-lhe por tudo isso. Se não fosse você, eu poderia não ter ido, e assim teria perdido o estudo mais requintado que já me apareceu. Um estudo em vermelho, hein? Por que não usarmos um pouco do jargão artístico? Existe o fio vermelho do assassinato correndo pela meada incolor de vida, e nosso dever é desembaraçá-lo, isolá-lo e expor cada centímetro dele. E agora, vamos almoçar, e depois a Norman-Neruda. Sua investida e sua maneira de tocar violino são esplêndidas. Qual é aquela pecinha de Chopin que ela toca de maneira tão magnífica? Tra-la-la-lira-lira-lei.

Recostando-se para trás no fiacre, o sabujo amador continuou cantando como uma cotovia enquanto eu meditava sobre as várias facetas da mente humana.

*Capítulo 5*

# NOSSO ANÚNCIO TRAZ UMA VISITA

Nossos esforços matutinos tinham sido excessivos para minha saúde abalada, e à tarde eu estava exausto. Depois da partida de Holmes para o concerto, deitei-me no sofá e me empenhei em conseguir umas duas horas de sono. Foi uma tentativa inútil. Minha mente se excitara em demasia com tudo o que acontecera e estava cheia das fantasias e suposições mais estranhas. Toda vez que eu fechava os olhos, via à minha frente o semblante distorcido, parecido com o de um babuíno, do homem assassinado. Aquele rosto produzira em mim uma impressão tão sinistra que achei difícil sentir algo que não fosse gratidão por quem havia retirado seu dono do mundo. Se alguma vez os traços humanos evidenciaram a depravação do tipo mais maligno, com certeza foram os traços de Enoch J. Drebber, de Cleveland. Ainda assim, eu reconhecia que era preciso se fazer justiça, e que a dissolução moral da vítima não era uma desculpa aos olhos da lei.

Quanto mais eu pensava nisso, mais extraordinária parecia a hipótese de meu colega, de que o homem tinha sido envenenado. Lembrei-me de como ele cheirara seus lábios e não tive dúvida de que havia detectado alguma coisa que lhe despertara essa ideia. Por outro lado, se não tinha sido veneno, o que causara a morte do homem, uma vez que não havia ferimento, nem marcas de estrangulamento? Mas, por outro lado, de quem era todo aquele sangue no chão? Não havia sinais de luta, nem a vítima tinha alguma arma que pudesse ter ferido um adversário. Enquanto todas essas questões não estivessem resolvidas, senti que o sono não seria tarefa simples, tanto para Holmes, quanto para mim. Sua maneira bem autoconfiante convenceu-me de que ele já havia formado uma teoria que explicava todos os fatos, embora, nem por um instante, eu pudesse imaginar qual fosse.

Ele voltou muito tarde, tão tarde que eu soube que o concerto não poderia tê-lo detido todo aquele tempo. O jantar estava na mesa antes de sua chegada.

– Foi magnífico – ele disse ao se sentar. – Você se lembra do que Darwin diz sobre música? Ele afirma que o poder de produzi-la e apreciá-la existia na raça humana bem antes de se chegar ao poder da fala. Talvez seja por isso que somos tão sutilmente influenciados por ela. Existem vagas lembranças em nossas almas daqueles séculos enevoados, quando o mundo estava em sua infância.

– Esta é uma ideia bem vasta – observei.

– As ideias de uma pessoa precisam ser tão vastas quanto a natureza, se forem interpretar a natureza – ele respondeu. – Qual é o problema? Você está esquisito. Esse caso da Brixton Road deixou-o abalado.

– Para falar a verdade, deixou – eu disse. – Eu deveria estar mais calejado depois de minhas experiências no

Afeganistão. Vi meus próprios camaradas aos pedaços em Maiwand, sem perder a coragem.

– Entendo. Existe um mistério nisso que estimula a imaginação; onde não há imaginação, não existe horror. Você viu o jornal da tarde?

– Não.

– Faz um relato bem bom do caso. Não menciona o fato de que, quando o homem foi erguido, uma aliança de mulher caiu no chão. Ainda bem que não mencionou.

– Por quê?

– Veja este anúncio. Hoje de manhã, imediatamente depois do acontecido, mandei um para cada jornal.

Ele me jogou o jornal, e dei uma olhada no lugar indicado. Era o primeiro anúncio na coluna "Achados": *Hoje de manhã, em Brixton Road, uma aliança de ouro puro, encontrada na rua, entre a taberna White Hart e Holland Grove. Procurar Dr. Watson, em Baker Street, número 221B, entre oito e nove desta noite.*

– Desculpe-me por usar seu nome – ele disse. – Se eu usasse o meu, algum desses imbecis reconheceria e iria querer se meter no caso.

– Tudo bem – respondi. – Mas, supondo que alguém apareça, não tenho nenhuma aliança.

– Ah, tem sim – ele disse, entregando-me uma. – Esta servirá muito bem. É quase uma cópia.

– E quem você espera que responda a esse anúncio?

– Ora, o homem do casaco marrom, nosso amigo corado com os bicos quadrados. Se ele não vier pessoalmente, mandará um cúmplice.

– Ele não acharia perigoso demais?

– De jeito nenhum. Se minha visão do caso estiver certa, e tenho todos os motivos para acreditar que esteja, esse homem preferiria arriscar qualquer coisa a perder o anel. Segundo o que acredito, ele o deixou cair enquanto se debruçava sobre o corpo de Drebber e não percebeu na hora. Depois de sair da casa, notou a perda e correu de volta, mas já encontrou a polícia no local, devido à própria estupidez de deixar a vela acesa. Precisou fingir que estava bêbado para afastar as eventuais suspeitas por sua presença no portão. Agora, coloque-se no lugar daquele homem. Pensando que o assunto estava resolvido, deve ter lhe ocorrido a possibilidade de ter perdido o anel na rua, depois de deixar a casa. O que faria, então? Procuraria ansiosamente nos jornais da tarde, na esperança de vê-lo entre os artigos encontrados. Seu olhar, é claro, seria atraído por isso. Ele ficaria extasiado. Por que temeria uma armadilha? Em sua opinião, não haveria motivo para o fato de imaginarem que o anel estivesse ligado ao assassinato. Ele viria. Ele virá. Você o verá dentro de uma hora.

– E então? – perguntei.

– Ah, então pode deixar que eu lido com ele. Você tem alguma arma?

– Tenho meu velho revólver do exército e alguns cartuchos.

– É melhor limpá-lo e carregá-lo. Ele vai estar desesperado, e embora eu deva pegá-lo desprevenido, é bom estar preparado para qualquer coisa.

Fui para meu quarto e segui seu conselho. Quando voltei com a pistola, a mesa tinha sido limpa, e Holmes estava entretido em sua ocupação preferida: arranhar seu violino.

– A trama está ganhando volume – ele disse quando entrei. – Acabei de receber uma resposta ao meu telegrama americano. Minha visão do caso está correta.

– E isso quer dizer...? – perguntei, ansioso.

– Meu violino ficaria melhor com cordas novas – ele observou. – Coloque sua pistola no bolso. Quando o sujeito chegar, fale com ele de maneira normal. Deixe o resto comigo. Não o assuste com um olhar muito duro.

– São oito horas, agora – eu disse, olhando meu relógio.

– É. Provavelmente, ele vai chegar em poucos minutos. Abra levemente a porta. Isso é o suficiente. Agora, ponha a chave do lado de dentro. Obrigado! Este é um livro antigo, estranho, que peguei em uma banca ontem: *De Jure inter Gentes*, publicado em latim, em Liège, nos Países Baixos, em 1642. A cabeça de Charles I ainda estava firme em seus ombros quando este volumezinho encadernado em marrom foi feito.

– Quem é o impressor?

– Philippe de Croy, seja ele quem for. Na folha de guarda, numa tinta muito esmaecida, está escrito "*Ex-libris* Guliolmi Whyte". Eu me pergunto quem era William Whyte. Imagino que algum advogado pragmático do século XVII. Sua escrita tem um toque jurídico. Aí vem o nosso homem, imagino.

Assim que ele falou, houve um toque brusco no sino. Sherlock Holmes levantou-se calmamente e moveu sua cadeira na direção da porta. Ouvimos a empregada passar pelo corredor e o estalo da fechadura quando ela a abriu.

– O Dr. Watson mora aqui? – perguntou uma voz clara, mas bem hostil. Não conseguimos ouvir a resposta da empregada, mas a porta fechou-se e alguém começou a subir a escada. A pisada era incerta e arrastada. Uma expressão de surpresa passou pelo rosto do meu companheiro ao escutá-la. Ela veio lentamente pela passagem, e então houve uma batida fraca à porta.

– Entre – exclamei.

A meu chamado, em vez do homem violento que esperávamos, uma mulher muito velha e enrugada entrou mancando no apartamento. Pareceu ofuscada pela súbita claridade e, depois de uma reverência, ficou piscando para nós com olhos turvos, remexendo no bolso com dedos nervosos e trêmulos. Olhei para meu colega, e seu rosto assumira uma expressão tão desconsolada que fiz o possível para manter a compostura.

A velha tirou um jornal da tarde e apontou para nosso anúncio.

– Foi isto que me trouxe, bons cavalheiros – disse, fazendo nova reverência –, uma aliança de ouro em Brixton Road. Ela pertence a minha filha, Sally, que se casou faz apenas doze meses. O marido dela é comissário, a bordo de um navio da Union, e nem consigo pensar no que ele diria se chegasse em casa e a encontrasse sem a aliança. Ele tem pavio bem curto na maior parte do tempo, mais ainda quando bebe. Se quiserem saber, ontem à noite ela foi ao circo com…

– É este o anel dela? – perguntei.

– Graças ao Senhor! – exclamou a velha. – Sally vai ficar muito feliz esta noite. É este o anel.

– E qual é seu endereço? – perguntei, pegando um lápis.

– Duncan Street, número 13, Houndsditch. Uma boa distância daqui.

– A Brixton Road não fica entre nenhum circo e Houndsditch – disse Sherlock Holmes, secamente.

A velha virou-se e olhou vivamente para ele, com seus olhinhos avermelhados.

– O cavalheiro perguntou o *meu* endereço – ela disse. – Sally aluga um quarto em Mayfield Place, número 3, Peckham.

– E seu sobrenome é...?

– Meu sobrenome é Sawyer. O dela é Dennis, porque Tom Dennis se casou com ela... Um sujeito decente e esperto, desde que esteja no mar, e nenhum camareiro da companhia é mais considerado; mas em terra, com as mulheres e as lojas de bebidas...

– Aqui está seu anel, Mrs. Sawyer – interrompi, atendendo a um sinal do meu colega. – Ele com certeza é da sua filha, e fico feliz por poder devolvê-lo à legítima dona.

Com muitos balbucios de bênçãos e agradecimentos, a velha enfiou-o no bolso e desceu a escada arrastando os pés. Assim que ela saiu, Sherlock Holmes levantou-se de um salto e correu para o quarto. Segundos depois, voltou envolto em um casacão e um cachecol.

– Vou atrás dela – disse, apressado. – Deve ser uma cúmplice, e me levará até ele. Espere-me aqui.

A porta da entrada mal tinha batido à passagem da nossa visita quando Holmes desceu a escada. Olhando pela janela, pude vê-la caminhando com dificuldade do outro lado da rua, enquanto seu perseguidor ia logo atrás. *Ou essa teoria está toda errada, ou agora ele vai ser levado ao centro do mistério*, pensei. Ele não precisava ter me pedido para esperar por ele, porque era impossível dormir até saber o resultado de sua aventura.

Era perto das nove da noite quando ele saiu. Eu não fazia ideia de quanto tempo ele demoraria, mas sentei-me impassível, pitando o meu cachimbo e folheando as páginas de *Vie de Bohème*, de Henri Murger. Passou das dez, e escutei os passos da empregada indo para a cama. Onze, e o andar mais imponente da proprietária passou pela minha porta, com o mesmo destino. Era quase meia-noite quando ouvi o som seco da chave de Holmes. Assim que ele entrou, vi pelo seu rosto que não tivera sucesso. Nele, divertimento e decepção pareciam estar se digladiando pelo controle, até que, repentinamente, o primeiro levou a melhor e ele estourou na gargalhada.

– Eu não deixaria o pessoal da Scotland Yard saber disso por nada – exclamou, jogando-se na poltrona. – Caçoei tanto deles que nunca mais deixariam esse assunto de lado. Posso me dar ao luxo de rir porque sei que, no fim, estaremos empatados.

– Então, o que houve? – perguntei.

– Ah, não me importo de contar uma história que deponha contra mim. Aquela criatura tinha caminhado por um bom tempo, quando começou a mancar e dar sinal de estar com os pés doloridos. Acabou dando uma parada e pegou um fiacre que passava. Consegui chegar perto dela de modo a escutar o endereço, mas não precisava ter ficado tão ansioso, porque ela falou em voz alta o bastante para ser ouvida do outro lado da rua. "Siga para a Duncan Street, número 13, Houndsditch", gritou. *Isso começa a ficar autêntico*, pensei, e ao vê-la segura lá dentro, empoleirei-me atrás. Aí está uma arte em que todo detetive deveria ser especialista. Bom, lá fomos nós, chacoalhando, sem uma parada até chegarmos à rua em questão. Pulei fora antes de chegarmos à porta e caminhei pela rua de maneira lenta e relaxada. Vi o fiacre parar. O cocheiro desceu, e vi quando abriu a porta e ficou parado, à espera. Mas ninguém saiu. Quando cheguei perto, ele tateava freneticamente o veículo vazio, soltando a mais variada coleção de pragas que já ouvi. Não havia sinal de sua passageira, e acho que vai levar algum tempo até que ele seja pago. Ao perguntar no número 13, descobrimos que a casa pertencia a um respeitável forrador de paredes chamado Keswick, e que ninguém ali jamais tinha conhecido alguém de nome Sawyer ou Dennis.

– Você está me dizendo que aquela velha trôpega e frágil conseguiu saltar do fiacre em movimento sem que você ou o cocheiro vissem? – exclamei, atônito.

– Velha coisa nenhuma! – disse Sherlock Holmes secamente. – Nós é que fomos as velhas por termos acreditado. Devia ser um rapaz bem ativo, além de um ator excelente. A estratégia foi inigualável. Sem dúvida viu que estava sendo seguido e usou seus recursos para me passar a perna. Isso mostra que o homem que procuramos não é tão solitário quanto eu imaginava, tem amigos prontos a se arriscar por ele. Ora, doutor, você está parecendo acabado. Siga meu conselho e vá dormir.

Eu estava mesmo me sentindo muito cansado, então obedeci. Deixei Holmes sentado em frente ao fogo que ardia lentamente, e noite adentro escutei os gemidos baixos e melancólicos do seu violino. Sabia que ele estava refletindo sobre o estranho problema que tinha se proposto desvendar.

*Capítulo 6*

# TOBIAS GREGSON MOSTRA O QUE CONSEGUE FAZER

No dia seguinte, os jornais estavam cheios do "Mistério Brixton", como o chamaram. Cada um trazia um longo relato do caso; alguns, além disso, tinham editoriais a respeito. Neles, havia algumas informações novas para mim. Ainda tenho, no meu álbum, numerosos recortes e sumários tratando do assunto. Eis uma síntese de alguns deles:

O *Daily Telegraph* observou que, na história do crime, raramente houvera uma tragédia com peculiaridades mais estranhas. O nome alemão da vítima, a ausência de qualquer outro motivo, a inscrição sinistra na parede, tudo apontava para seus autores serem refugiados políticos e revolucionários. Os socialistas tinham muitas ramificações na América, e o falecido tinha, sem dúvida, infringido suas leis não escritas, sendo rastreado por eles. Depois de aludir vagamente aos Vehmgericht, aos Carbonari, aos Marchioness de Brinvilliers, ao veneno Aqua Tofana, à teoria darwiniana, aos princípios de Malthus e aos assassinos da Ratcliff Highway, o artigo concluía advertindo o governo e defendendo uma vigilância mais atenta dos estrangeiros na Inglaterra.

O *Standard* comentou o fato de que os ultrajes desregrados daquele tipo, em geral, ocorriam sob uma administração liberal. Emergiam do desassossego das mentes das massas e do consequente enfraquecimento da autoridade. O falecido era um cavalheiro americano, que residia na metrópole havia algumas semanas. Hospedara-se na pensão de Madame Charpentier, em Torquay Terrace, Camberwell. Em suas viagens, era acompanhado por seu secretário particular, Mr. Joseph Stangerson. Os dois despediram-se da proprietária na terça-feira, no dia 4 do corrente, e partiram para a Estação Euston com a intenção declarada de pegar o expresso de Liverpool. Depois disso, foram vistos juntos na plataforma. Nada mais se sabe deles até o corpo de Mr. Drebber ser descoberto, como registrado, em uma casa vazia em Brixton Road, a muitos quilômetros de Euston. Como ele foi parar ali, ou como encontrou seu destino são questões ainda envoltas em mistério. Nada se sabe do paradeiro de Stangerson. "Ficamos satisfeitos em saber que Mr. Lestrade e Mr. Gregson, da Scotland Yard, estão a serviço do caso, e pode-se antecipar com segurança que esses dois policiais tão conhecidos rapidamente jogarão luz sobre o assunto."

O *Daily News* observou que não havia dúvida de que o crime tivera motivação política. O despotismo e a raiva do liberalismo que animavam os governos continentais tiveram o efeito de trazer para nossa costa uma quantidade de homens que poderiam se revelar excelentes cidadãos, não fossem amargurados pela lembrança de tudo o que haviam sofrido. Entre esses homens havia um código de honra rigoroso, qualquer transgressão era punida com a morte. Todos os esforços deveriam ser feitos para encontrar o secretário, Stangerson, e verificar algumas particularidades dos hábitos do falecido. Um grande passo fora dado com a descoberta do endereço da casa em que ele havia se hospedado, resultado inteiramente atribuído à perspicácia e energia de Mr. Gregson, da Scotland Yard.

Sherlock Holmes e eu lemos essas notícias juntos, no café da manhã, e elas pareceram diverti-lo consideravelmente.

– Eu te disse, o que quer que acontecesse, Lestrade e Gregson com certeza faturariam.

– Isso depende do que acontecer.

– Ah, bendito seja você, isso não tem a mínima importância. Se o homem for pego, será *por conta* dos esforços que fizeram; se escapar, será *apesar* de seus esforços. São favas contadas. O que quer que eles façam, terão seguidores. *Un sot trouve toujours un plus sot qui l'admire.**

– O que é isso? – exclamei, porque nesse momento houve um ruído de muitos passos no vestíbulo e na subida da escada, acompanhados pelas audíveis expressões de desgosto da parte de nossa locadora.

– É a divisão da força de detetives da polícia de Baker Street – disse meu colega gravemente, e enquanto ele

---

* Um imbecil sempre encontra alguém mais imbecil que o admira. (N.T.)

falava, entrou na sala meia dúzia dos mais sujos e esfarrapados moleques de rua que eu já vira.

– Sentido! – exclamou Holmes num tom seco, e os seis malandros sujos ficaram em fila. – No futuro, vocês devem mandar apenas Wiggins cá para cima, para informar, e os outros podem esperar na rua. Encontrou, Wiggins?

– Não, senhor, não encontramos – disse um dos moleques.

– Achei difícil que encontrassem. Vocês precisam continuar até acharem. Aqui estão seus pagamentos. – Deu um xelim a cada um. – Agora saiam, e da próxima vez voltem com uma notícia melhor.

Ele acenou com a mão e os meninos desabalaram escada abaixo como ratos; no momento seguinte escutamos suas vozes agudas na rua.

– Dá para se obter mais trabalho de um desses pequenos mendigos que de uma dúzia de policiais – Holmes observou. – A simples visão de uma pessoa com jeito de polícia deixa os homens com os lábios selados. No entanto, esses moleques vão a toda parte e ouvem tudo. Também são muito espertos; só lhes falta organização.

– Você os está empregando no caso Brixton?

– Estou. Tem um ponto que quero confirmar. É só uma questão de tempo. Epa! Agora vamos saber de alguma grande novidade! Aí vem Gregson pela rua, com a felicidade estampada em cada traço do rosto. Vem até nós, eu sei. É, está parando. Aí está ele!

Houve um forte ressoar do sino, e em poucos segundos o detetive de cabelo loiro subia a escada de três em três degraus, irrompendo em nossa sala de visitas.

– Meu caro colega – exclamou, apertando a mão inerte de Holmes. – Parabenize-me! Esclareci a coisa toda lindamente.

Uma sombra de ansiedade pareceu-me cruzar o rosto expressivo do meu colega.

– Você quer dizer que está no caminho certo? – ele perguntou.

– No caminho certo! Ora, senhor, temos o homem trancafiado.

– E o nome dele é?

– Arthur Charpentier, subtenente da marinha de Sua Majestade – exclamou Gregson pomposamente, esfregando as mãos gordas e estufando o peito.

Sherlock Holmes soltou um suspiro de alívio e relaxou em um sorriso.

– Sente-se e experimente um destes charutos – disse. – Estamos ansiosos em saber como você conseguiu isso. Aceita um uísque com água?

– Seria bom – respondeu o detetive. – Os tremendos esforços que fiz nestes últimos dois dias me deixaram exausto. Não tanto esforço físico, você sabe, mas da mente. O senhor entenderá isso, Mr. Sherlock Holmes, porque nós dois trabalhamos com o cérebro.

– Você me envaidece demais – disse Holmes, gravemente. – Vamos ouvir como chegou a esse resultado tão gratificante.

O detetive sentou-se na poltrona e baforou seu cigarro com complacência. Então, subitamente, deu um tapa na coxa, como se estivesse se divertindo.

– O curioso é que aquele tolo do Lestrade, que se julga tão esperto, foi por um caminho totalmente errado. Está atrás do secretário Stangerson, que tinha tanto a ver com o crime quanto um bebê por nascer. Não tenho dúvida de que, a esta altura, ele o pegou.

A ideia divertiu tanto Gregson que ele riu até perder o fôlego.

– E como você conseguiu sua pista?

– Ah, vou lhe contar tudo. É claro, Dr. Watson, que isso fica estritamente entre nós. A primeira dificuldade que tivemos que enfrentar foi a descoberta dos antecedentes desse americano. Algumas pessoas teriam esperado até seus anúncios serem respondidos, ou até que surgissem interessados oferecendo informação. Essa não é a maneira de trabalhar de Tobias Gregson. O senhor se lembra do chapéu ao lado do morto?

– Lembro-me, de John Underwood and Sons, em Camberwell Road, número 129.

Gregson pareceu bem abatido.

– Eu não fazia ideia que tivesse notado isso – ele disse. – Esteve lá?

– Não.

– Ah! – exclamou Gregson num tom aliviado. – Nunca se deve desperdiçar uma chance, por menor que pareça.

– Para uma grande mente, nada é pequeno – observou Holmes categoricamente.

– Bom, fui até Underwood e perguntei se ele havia vendido um chapéu com aquele tamanho e aquela descrição. Ele olhou nos seus registros e chegou ao resultado rapidamente. Tinha enviado o chapéu a um Mr. Drebber, morador da pensão Charpentier, Torquay Terrace. Assim, fui até seu endereço.

– Esperto, muito esperto – murmurou Sherlock Holmes.

– Em seguida, chamei Madame Charpentier – continuou o detetive. – Achei-a muito pálida e nervosa. A filha dela também estava na sala, uma moça excepcionalmente bonita. Tinha os olhos vermelhos, e seus lábios tremeram quando falei com ela. Isso não me passou despercebido. Comecei a ficar desconfiado. O senhor conhece a sensação, Mr. Sherlock Holmes, quando se está no rastro certo, uma espécie de excitação nervosa. "A senhora soube da misteriosa morte de seu último inquilino, Mr. Enoch J. Drebber, de Cleveland?", perguntei. A mãe confirmou com a cabeça. Parecia incapaz de articular uma palavra. A filha irrompeu em lágrimas. Mais do que nunca, senti que aquelas pessoas sabiam algo sobre o assunto. "A que horas Mr. Drebber deixou sua casa para pegar o trem?", perguntei. "Às oito", ela disse, engolindo em seco para reprimir sua agitação. "Seu secretário, Mr. Stangerson, disse que havia dois trens, um às 21h15 e outro às 23 horas. Ele iria pegar o primeiro."

"'E essa foi a última vez que a senhora o viu?' Houve uma mudança terrível no rosto da mulher quando fiz essa pergunta. Ficou totalmente lívida. Só depois de alguns segundos foi que ela conseguiu soltar uma única palavra – 'Sim' – e quando a disse, foi num tom rouco, esquisito. Por um tempo, fez-se silêncio, e então a filha falou com uma voz clara e calma: 'A falsidade nunca produz nada de bom, mãe. Sejamos francas com este cavalheiro. Nós voltamos, *sim,* a ver Mr. Drebber'.

"'Que Deus a perdoe!', exclamou Madame Charpentier, atirando as mãos ao alto e desmoronando em sua cadeira. 'Você matou seu irmão.'

"'Arthur preferiria que disséssemos a verdade', a moça respondeu com firmeza.

"'É melhor você nos pôr a par de tudo agora', eu disse. 'É pior contar uma coisa pela metade do que não dizer nada. Além disso, vocês não sabem o quanto sabemos do caso.'

"'Que a culpa seja sua, Alice!', exclamou a mãe, e depois, virando-se para mim: 'Vou contar tudo, senhor. Não vá imaginar que minha agitação em nome do meu filho provenha de algum medo de que ele tenha tido qualquer participação nesse caso terrível. Ele é totalmente inocente. No entanto, meu medo é que, a seus olhos e aos olhos de outros, ele possa parecer envolvido. Isso é certamente impossível. Seu grande caráter, sua profissão, seus antecedentes, tudo o impediria'.

"'O melhor que tem a fazer é expor os fatos com clareza', respondi. 'A depender disso, se seu filho for inocente, nada de mal lhe acontecerá.'

"'Talvez, Alice, seja melhor você nos deixar a sós', ela disse, e a filha retirou-se. 'Agora, senhor', ela continuou, 'eu não tinha intenção de lhe contar nada disso, mas uma vez que minha pobre filha fez essa revelação, não tenho alternativa. Já que decidi falar, contarei tudo, sem omitir um detalhe.'

"'É a saída mais sensata', eu disse.

"'Fazia quase três semanas que Mr. Drebber estava hospedado conosco. Ele e seu secretário, Mr. Stangerson, andavam viajando pelo continente. Notei uma etiqueta, "Copenhague", em cada um dos seus baús, mostrando que aquela tinha sido sua última parada. Stangerson era um homem muito reservado, mas seu patrão, lamento dizer, era bem o contrário. Tinha modos vulgares e brutos. Na própria noite de sua chegada, ficou ainda pior por causa da bebida, e, na verdade, após o meio-dia, raramente se podia dizer que estivesse sóbrio. Seu comportamento em relação às empregadas era revoltantemente livre e familiar. Pior de tudo, ele rapidamente assumiu a mesma atitude em relação à minha filha, Alice, e mais de uma vez falou com ela de uma maneira que, felizmente, ela é inocente demais para entender. Em certa ocasião, chegou a pegá-la nos braços e abraçá-la, ultraje que levou seu próprio secretário a censurá-lo por sua conduta indigna.'

"'Mas por que a senhora aguentou tudo isso?', perguntei. 'Suponho que a senhora possa se livrar dos seus inquilinos quando quiser.' Madame Charpentier corou perante minha pergunta pertinente. 'Eu bem gostaria de o ter mandado embora no mesmo dia em que chegou', ela disse. 'Mas foi uma tentação amarga. Eles pagavam uma libra por dia cada um – catorze libras por semana, e estamos em baixa temporada. Sou viúva, e meu filho, na marinha, me custou muito caro. Relutei em perder aquele dinheiro. Agi pelo melhor. No entanto, o que aconteceu por último foi além da conta, e por causa disso, notifiquei-o para que fosse embora. Foi por isso que ele partiu.'

"'E?'

"'Fiquei com o coração leve quando o vi partindo. Meu filho está de licença justo agora, mas não lhe contei nada disso porque tem um temperamento violento e ama a irmã com paixão. Quando fechei a porta à saída deles, foi como se um peso tivesse sido tirado de minha cabeça.

Infelizmente, em menos de uma hora a campainha tocou, e soube que Mr. Drebber tinha voltado. Estava muito agitado – e, evidentemente, mais bêbado. Forçou a entrada na sala, onde eu estava sentada com minha filha, e fez alguma observação incoerente sobre ter perdido o trem. Voltou-se, então, para Alice, e na minha própria cara propôs que ela deveria fugir com ele. "Você é maior de idade", disse, "e não há lei que impeça. Tenho dinheiro de sobra. Não se preocupe com esta velhota, venha comigo agora. Você viverá como uma princesa." A pobre Alice estava tão apavorada que se encolheu longe dele, mas ele a pegou pelo pulso e esforçou-se para arrastá-la para a porta. Gritei, e nesse momento meu filho entrou na sala. Não sei o que aconteceu então. Ouvi xingamentos e os sons confusos de uma briga. Fiquei apavorada demais para levantar a cabeça. Quando de fato olhei, vi Arthur parado à porta, rindo, com um bastão na mão. "Não acho que aquele simpático cavalheiro voltará a nos perturbar", ele disse. "Vou atrás dele para ver quais são seus planos." Com essas palavras, pegou o chapéu e saiu pela rua. Na manhã seguinte, soubemos da morte misteriosa de Mr. Drebber.'

"Esse depoimento veio da boca de Madame Charpentier com muitos arquejos e pausas. Às vezes ela falava tão baixo que mal pude entender as palavras. Contudo, fiz algumas anotações taquigráficas de tudo o que ela disse, de modo a não restar a menor possibilidade de engano."

– Muito empolgante – disse Sherlock Holmes, com um bocejo. – O que aconteceu em seguida?

– Quando Madame Charpentier parou, percebi que todo o caso estava por um fio. Fixando o olhar nela, de uma maneira que descobri sempre funcionar com mulheres, perguntei a que horas o filho havia voltado. "Não sei", ela respondeu. "Não sabe?" "Não, ele tem uma chave e entra quando quiser." "Depois que a senhora foi para a cama?" "É." "A que horas a senhora foi para a cama?" "Por volta das onze." "Então, seu filho ficou fora no mínimo por duas horas?" "É." "Possivelmente quatro ou cinco?" "É." "O que ele fez nesse tempo?" "Não sei", ela disse, empalidecendo até os lábios.

"É claro que não havia muito mais a ser feito. Descobri onde o Tenente Charpentier estava, levei dois policiais comigo e o prendi. Quando toquei em seu ombro e lhe avisei para vir calmamente conosco, ele reagiu no maior descaramento: 'Imagino que estejam me prendendo por causa da morte daquele canalha do Drebber'. Não lhe havíamos dito nada a respeito, portanto, sua alusão ao caso tinha um aspecto dos mais suspeitos."

– Muito – disse Holmes.

– Ele ainda tinha o bastão pesado que, como a mãe dissera, estava com ele ao seguir Drebber. Era de carvalho maciço.

– Então, qual é sua teoria?

– Bom, minha teoria é que ele seguiu Drebber até a Brixton Road. Ali, eles tiveram uma nova discussão, durante a qual Drebber recebeu um golpe do bastão, talvez na boca do estômago, que o matou sem deixar qualquer marca. A noite estava tão úmida que não havia ninguém por lá, então Charpentier arrastou o corpo da vítima até a casa vazia. Quanto à vela, ao sangue, à escrita na parede e ao anel, tudo isso pode significar estratégias para despistar a polícia.

– Parabéns! – disse Holmes, num tom de incentivo. – Realmente, Gregson, você está progredindo. Ainda vamos tê-lo em alta conta.

– Fico encantado por ter lidado com isso de maneira impecável – o detetive respondeu, orgulhoso. – O rapaz deu um depoimento de livre vontade, dizendo que, depois de ter seguido Drebber por algum tempo, o outro percebeu e pegou um fiacre para se livrar dele. A caminho de casa, ele se encontrou com um velho colega de navio e os dois deram uma longa caminhada. Ao ser perguntado onde morava o velho companheiro de navio ele não conseguiu dar uma resposta satisfatória. Acho que todo o caso se encaixa excepcionalmente bem. O que me diverte é pensar em Lestrade, que partiu de uma pista errada. Acho que não vai conseguir grande coisa. Ora, vejam só, aqui está o próprio, em pessoa!

Era, de fato, Lestrade, que havia subido a escada enquanto conversávamos e agora entrava na sala. No entanto, faltavam-lhe a segurança e a desenvoltura que, em geral, caracterizavam sua postura e vestimenta. Tinha o semblante confuso e perturbado, as roupas estavam em desalinho e sujas. Viera, evidentemente, com a intenção de se consultar com Sherlock Holmes, porque, ao dar com o colega, pareceu constrangido e descontente. Ficou no centro da sala, remexendo nervosamente o chapéu e sem saber o que fazer.

– Esse é um caso dos mais extraordinários – disse, por fim. – Uma questão das mais incompreensíveis.

– Ah, acha mesmo, Mr. Lestrade? – exclamou Gregson, triunfante. – Pensei que chegaria a essa conclusão. Conseguiu encontrar o secretário, Mr. Joseph Stangerson?

– O secretário, Mr. Joseph Stangerson, foi assassinado no Halliday's Private Hotel, por volta de seis horas desta manhã – disse Lestrade, gravemente.

*Capítulo 7*

# LUZ NA ESCURIDÃO

A informação que nos foi dada por Lestrade era tão estupenda e tão inesperada que nós três ficamos muito aturdidos. Gregson deu um pulo da cadeira e derrubou o que restava do seu uísque com água. Olhei em silêncio para Sherlock Holmes, que tinha os lábios contraídos e as sobrancelhas franzidas.

– Stangerson também! – murmurou. – A trama se complica.

– Já estava bem complicada antes – resmungou Lestrade, pegando uma cadeira. – Parece que vim parar numa espécie de conselho de guerra.

– Você tem... você tem certeza dessa informação? – gaguejou Gregson.

– Acabo de vir do quarto dele – disse Lestrade. – Fui o primeiro a descobrir o que havia acontecido.

– Estávamos escutando o ponto de vista de Gregson sobre o assunto – Holmes observou. – Você se incomodaria de nos contar o que viu e fez?

– De maneira alguma – Lestrade respondeu, sentando-se. – Confesso abertamente que minha opinião era de que Stangerson tinha a ver com a morte de Drebber. Esse novo desdobramento mostrou-me que eu estava totalmente enganado. Tomado por aquela ideia, pus-me a investigar o que havia acontecido com o secretário. Eles tinham sido vistos juntos na Estação Euston por volta de 20h30 no dia 3. Às duas da manhã, Drebber foi encontrado em Brixton Road. A questão com a qual eu me deparava era descobrir o que Stangerson fizera entre 20h30 e a hora do crime, e o que fora feito dele depois. Telegrafei a Liverpool dando uma descrição do homem e alertando-os a manter sob vigia os navios americanos. Depois, pus-me a trabalhar, visitando todos os hotéis e as pensões nos arredores de Euston. Veja, meu argumento era que se Drebber e seu companheiro haviam se separado, o caminho natural deste último seria se instalar em algum lugar nos arredores para passar a noite, e depois seguir novamente para a estação na manhã seguinte.

– É provável que eles tivessem combinado de antemão um local de encontro – observou Holmes.

– Foi o que se revelou. Passei boa parte da noite de ontem fazendo perguntas, inutilmente. Hoje de manhã comecei bem cedo, e às oito cheguei ao Halliday's Private Hotel, na Little George Street. Ao perguntar se havia um Mr. Stangerson hospedado ali, na mesma hora eles me responderam afirmativamente. "Sem dúvida o senhor é o cavalheiro que ele estava esperando", disseram. "Há dois dias ele aguarda um cavalheiro." "Onde ele está agora?", perguntei. "Em cima, na cama. Pediu para ser acordado às nove." "Vou subir e me encontrar com ele imediatamente."

"Minha esperança era de que minha súbita aparição pudesse deixá-lo nervoso e levá-lo a dizer algo precipitado. O valete se ofereceu para me mostrar o quarto. Ficava no segundo andar, e um corredorzinho levava até ele. O valete indicou-me a porta e estava prestes a descer novamente quando vi algo que me deixou nauseado, apesar dos meus vinte anos de experiência. Por debaixo da porta ondulava um filete vermelho de sangue, que havia serpenteado pelo corredor e formado uma pequena poça ao longo do rodapé do outro lado. Soltei um grito, o que trouxe o valete de volta. Ao ver aquilo, ele quase desmaiou. A porta estava trancada por dentro, mas com a força dos nossos ombros conseguimos abri-la. A janela do quarto estava aberta e, ao lado dela, todo amontoado, havia o corpo de um homem de camisolão. Estava morto já havia algum tempo, pois seus membros estavam rígidos e frios. Quando o viramos de barriga para cima, o valete reconheceu-o de imediato como o homem que alugara o quarto sob o nome de Joseph Stangerson. A causa da morte foi uma profunda punhalada no lado esquerdo, que deve ter atingido o coração. E agora vem a parte mais estranha de tudo isso. O que acham que estava acima do homem assassinado?"

Senti um arrepio e um pressentimento de horror, mesmo antes de Sherlock Holmes responder.

– A palavra "RACHE" escrita com sangue – ele disse.

– Isso mesmo – confirmou Lestrade, estupefato.

E todos nós ficamos em silêncio por um tempo.

Havia, nas ações daquele assassino desconhecido, algo tão metódico e tão incompreensível que imprimia um novo horror a seus crimes. Meus nervos, bastante equilibrados no campo de batalha, arrepiaram-se quando pensei nisso.

– O homem foi visto – continuou Lestrade. – Aconteceu de um leiteiro, a caminho do laticínio, passar pela via que sai do estábulo, nos fundos do hotel. Notou que uma escada, que normalmente fica deitada ali, estava erguida junto a uma das janelas do segundo andar, que se achava escancarada. Alguns passos adiante, ele olhou para trás e viu um homem descendo a escada. Ia tão tranquilo e às claras que o rapaz imaginou ser algum carpinteiro ou marceneiro prestando serviço ao hotel. Não lhe deu maior atenção além de pensar consigo mesmo que era cedo para já estar trabalhando. Ficou com a impressão de que o homem era alto, tinha o rosto avermelhado e vestia um casaco longo e amarronzado. Deve ter ficado no quarto por um tempinho depois do assassinato, porque encontramos água manchada de sangue na bacia em que lavara as mãos, e marcas nos lençóis nos quais, deliberadamente, limpou sua faca.

Olhei para Holmes ao ouvir a descrição do assassino, que batia tão exatamente com a dele. No entanto, não havia qualquer sinal de júbilo ou de satisfação em seu rosto.

– Você não achou nada no quarto que pudesse dar uma pista do assassino? – ele perguntou.

– Nada. Stangerson tinha a carteira de Drebber no bolso, mas parece que isso era comum, já que ele fazia todos os pagamentos. Nela havia cerca de oitenta libras, mas nada fora levado. No bolso da vítima não havia papéis, nem memorandos, a não ser um único telegrama, datado de Cleveland um mês atrás, contendo as seguintes palavras: "J. H. está na Europa". A mensagem não trazia assinatura.

– E nada mais? – perguntou Holmes.

– Nada importante. O romance do homem, que ele havia lido até dormir, estava sobre a cama, e o cachimbo, em uma cadeira ao lado. Havia um copo de água sobre a mesa e, no peitoril da janela, uma caixinha leve de madeira contendo dois comprimidos.

Sherlock Holmes pulou da cadeira expressando satisfação.

– O último elo – exclamou, exultante. – Meu caso está completo.

Os dois detetives olharam para ele, perplexos.

– Agora tenho em mãos todos os fios desse emaranhado – disse meu companheiro, com segurança. – É claro que existem detalhes a esclarecer, mas tenho certeza de todos os fatos principais, desde a hora em que Drebber separou-se de Stangerson, na estação, até a descoberta do corpo deste último, como se tivesse visto com meus próprios olhos. Vou lhes dar uma prova do meu conhecimento. Você conseguiria essas pílulas?

– Estão comigo – disse Lestrade, exibindo uma caixinha branca. – Peguei isto, a carteira e o telegrama, com a intenção de colocá-los em segurança na delegacia. Foi por puro acaso que peguei estes comprimidos, porque devo dizer que não lhes dei a menor importância.

– Passe-as para cá – disse Holmes. – Agora, doutor – virando-se para mim –, esses comprimidos são comuns?

Certamente não eram. Tinham uma cor cinza perolada, eram pequenos, redondos e quase transparentes contra a luz.

– Por sua leveza e transparência, eu imaginaria que são solúveis em água – observei.

– Exatamente – respondeu Holmes. – Agora, você se importaria de descer e buscar aquele pobre coitado do terrier, que há tempos está mal e cuja dona queria que o sacrificassem ontem?

Desci e carreguei o cachorro para cima. Sua respiração forçada e os olhos vítreos mostravam que não estava longe do fim. Na verdade, seu focinho branco como a neve anunciava que já tinha ultrapassado o prazo costumeiro da existência canina. Coloquei-o em uma almofada no tapete.

– Agora, vou cortar ao meio um desses comprimidos – disse Holmes, e tirando seu canivete, fez o que dizia. – Uma metade voltará à caixa para propósitos futuros; a outra, colocarei nesta taça de vinho, em que há uma colher de chá de água. Vocês percebem que nosso amigo, o doutor, estava certo, ele rapidamente se dissolve.

– Isso pode ser muito interessante – disse Lestrade, com o tom ofendido de quem suspeita que esteja sendo ridicularizado. – No entanto, não vejo o que tenha a ver com a morte de Mr. Joseph Stangerson.

– Paciência, meu amigo, paciência! Você verá a tempo que tem tudo a ver. Agora, vou acrescentar um pouco de leite para deixar a mistura palatável, e ao apresentá-la ao cachorro, veremos que ele a lambe na maior rapidez.

Ao dizer isso, ele virou o conteúdo da taça de vinho em um pires e colocou-o em frente ao cachorro, que lambeu tudo rapidamente. A atitude séria de Sherlock Holmes nos convencera a tal ponto que todos ficamos sentados em silêncio, observando intensamente o animal e esperando algum efeito chocante. Contudo, não aconteceu nada parecido. O cachorro continuou deitado sobre a almofada, respirando com dificuldade, mas, aparentemente, nem melhor, nem pior por causa do que bebera.

Holmes tirara o relógio, e conforme os minutos foram se passando sem que nada acontecesse, uma grande expressão de pesar e desapontamento surgiu em seus traços. Mordeu os lábios, batucou na mesa com os dedos e apresentou todos os outros sintomas de profunda impaciência. Sua emoção era tão grande que, sinceramente, fiquei com pena, enquanto os dois detetives sorriam com desdém, nem um pouco insatisfeitos com esse revés com que ele se deparava.

– Não pode ser uma coincidência – ele exclamou por fim, saltando da cadeira e caminhando alucinado de um canto a outro da sala. – É impossível ser uma mera coincidência. Os mesmos comprimidos dos quais suspeitei no caso Drebber foram, de fato, encontrados após a morte de Stangerson. No entanto, são neutros. O que isso quer dizer? Com certeza, toda a minha linha de raciocínio não pode ter sido falsa. É impossível! Entretanto, este cachorro miserável não piorou... Ah, já sei! Descobri! – Com um intenso grito de prazer, ele correu até a caixa, cortou a outra pílula ao meio, dissolveu-a, acrescentou leite e ofereceu-a ao terrier. A língua do infeliz mal parecia ter se umedecido naquilo quando cada um de seus membros deu um estremeção, e ele ficou tão rígido e sem vida como se tivesse sido atingido por um raio.

Sherlock Holmes respirou fundo e enxugou o suor da testa.

– Eu deveria ter tido mais fé – disse. – A esta altura, deveria saber que quando um fato parece se opor a uma longa sequência de deduções, ele invariavelmente prova ser capaz de receber alguma outra interpretação. Dos dois comprimidos da caixa, um deles era o do veneno mais mortal, e o outro era totalmente inofensivo. Eu deveria saber disso até antes de ver a caixa.

Esta última declaração pareceu-me tão surpreendente que mal consegui acreditar que ele estivesse sóbrio. Lá estava o cachorro morto, no entanto, para provar que sua conjectura fora correta. Tive a sensação de que, aos poucos, a névoa na minha mente foi clareando, e comecei a ter uma tênue e vaga percepção da verdade.

– Tudo isso parece estranho para vocês – continuou Holmes – porque, no começo, vocês deixaram de perceber a importância da única pista verdadeira que lhes foi apresentada. Tive a boa sorte de perceber isso, e, então, tudo o que aconteceu a partir daí serviu para confirmar minha suposição original – e, de fato, foi sua sequência lógica. Consequentemente, as coisas que os deixaram perplexos e tornaram o caso mais obscuro serviram para me esclarecer e reforçar minhas conclusões. É um erro confundir estranheza com mistério. O crime mais banal é, com frequência, o mais misterioso por não apresentar nenhum indício novo ou especial do qual se possam tirar conclusões. Esse assassinato teria sido muito mais difícil de deslindar caso o corpo da vítima tivesse simplesmente sido encontrado na rua, sem qualquer um desses *exageros* e acompanhamentos sensacionais que o tornaram marcante. Esses detalhes estranhos, longe de dificultarem o caso, tiveram na verdade o efeito de torná-lo mais fácil.

Mr. Gregson, que escutara essa preleção com considerável impaciência, não conseguiu mais se conter.

– Escute aqui, Mr. Sherlock Holmes. Estamos todos prontos para reconhecer que o senhor é um homem esperto e que tem seus próprios métodos de trabalho. Mas agora queremos algo além de mera teoria e pregação. Trata-se de agarrar o homem. Expus meu caso e parece que estava errado. O jovem Charpentier não poderia estar envolvido no segundo caso. Lestrade foi atrás de seu homem, Stangerson, e parece que também estava enganado. Você jogou dicas aqui e ali, e parece saber mais do que nós, mas agora nos sentimos no direito de perguntar diretamente o quanto o senhor sabe do caso. Pode citar o nome do homem que fez isso?

– Não posso deixar de sentir que Gregson tem razão, senhor – observou Lestrade. – Nós dois tentamos e nós dois falhamos. Desde que estou na sala, o senhor observou mais de uma vez que possuía todas as provas necessárias. Com certeza, não vai retê-las mais.

– Qualquer atraso em prender o assassino poderia dar-lhe tempo para perpetrar nova atrocidade – observei.

Assim, pressionado por todos nós, Holmes mostrou-se indeciso. Continuou a andar de um lado a outro da sala, cabeça enfiada no peito e sobrancelhas contraídas, como era seu hábito quando perdido em pensamento.

– Não haverá mais assassinatos – disse por fim, abruptamente, virando-se para nós. – Essa hipótese está fora de cogitação. Vocês me perguntaram se tenho o nome do assassino. Tenho. No entanto, o simples fato de saber seu nome é irrisório comparado com o poder de colocar nossas mãos sobre ele. Espero fazer isso muito em breve. Tenho grandes esperanças de fazê-lo pelas minhas próprias estratégias, mas é algo que precisa ser manipulado com delicadeza, porque temos que lidar com um homem desesperado e esperto, apoiado, como tive ocasião de provar, por outro tão esperto quanto ele. Enquanto esse homem não tiver ideia de que alguém tenha uma pista, existe alguma chance de prendê-lo. Mas se ele tiver a mínima suspeita, mudará de nome e sumirá em um instante em meio aos quatro milhões de habitantes desta grande cidade. Sem pretender magoar os sentimentos de vocês, estou inclinado a dizer que considero esses homens mais do que um desafio para as forças oficiais, e é por isso que não pedi a sua ajuda. Se eu fracassar, arcarei com toda a culpa desse erro, é claro, mas estou preparado para isso. Por enquanto, posso apenas prometer que assim que puder me comunicar com vocês sem arriscar meus planos, farei isso.

Gregson e Lestrade não se mostraram muito satisfeitos com essa promessa, ou com a alusão depreciativa aos detetives da polícia. O primeiro corara até as raízes do cabelo claro, enquanto os olhos redondos do outro brilharam com curiosidade e ressentimento. Contudo, nenhum deles teve tempo para falar, porque se ouviu uma batida à porta, e o porta-voz dos moleques de rua, o jovem Wiggins, apresentou sua insignificante e desagradável pessoa.

– Por favor, senhor, o fiacre está lá embaixo – disse, tocando no topete.

– Bom menino – disse Holmes, com brandura. – Por que vocês não introduzem este modelo na Scotland Yard? – continuou, tirando da gaveta um par de algemas de aço. – Vejam como a mola funciona lindamente. Elas se fecham num instante.

– O modelo antigo é bom o bastante, se conseguirmos encontrar o homem em quem colocá-lo – observou Lestrade.

– Muito bem, muito bem – disse Holmes, sorrindo. – O cocheiro também pode me ajudar com minhas caixas. Peça-lhe que suba, Wiggins.

Fiquei surpreso ao ver meu colega falar como se estivesse prestes a sair em viagem, uma vez que não comentara nada comigo a respeito. Na sala, havia uma maleta que ele puxou e começou a amarrar. Estava bem ocupado com isso quando o cocheiro entrou na sala.

– Só me ajude com o fecho, cocheiro – ele disse, ajoelhando-se perto da mala, sem virar a cabeça uma única vez.

O sujeito adiantou-se com um ar um tanto sombrio e desafiador, abaixando as mãos para ajudar. Naquele instante houve um breve estalido, um tilintar do metal, e Sherlock ficou rapidamente de pé.

– Cavalheiros – exclamou com um olhar reluzente –, deixe-me apresentar-lhes Mr. Jefferson Hope, o assassino de Enoch Drebber e Joseph Stangerson.

Tudo aconteceu em um instante, tão rápido que não tive tempo de me dar conta. Tenho uma vívida lembrança daquele instante, da expressão triunfante de Holmes e do ressoar de sua voz, do rosto confuso e violento do cocheiro enquanto olhava para as algemas cintilantes, surgidas sobre seus punhos como se fosse por mágica. Por um segundo ou dois, poderíamos ser um grupo de estátuas. Depois, com um rugido inarticulado de fúria, o prisioneiro desvencilhou-se das garras de Holmes e se atirou pela janela. Caixilho e vidraça cederam, mas antes que conseguisse se lançar, Gregson, Lestrade e Holmes pularam sobre ele como cães de caça. Foi arrastado de volta para a sala, e então teve início uma luta terrível. Ele era tão forte e tão feroz que muitas vezes nós quatro fomos atirados longe. Parecia ter a força convulsiva de um homem em ataque epiléptico. Seu rosto e suas mãos estavam terrivelmente desfigurados por sua passagem pela vidraça, mas a perda de sangue não contribuiu para diminuir sua resistência. Só quando Lestrade conseguiu puxar com força seu lenço de pescoço, quase estrangulando-o, foi que conseguimos fazê-lo compreender que seus esforços eram em vão. Mesmo assim, não sentimos segurança até ter amarrado seus pés e suas mãos. Feito isso, ficamos de pé, sem fôlego e ofegantes.

– Temos o fiacre dele – disse Sherlock Holmes. – Servirá para levá-lo à Scotland Yard. E assim, cavalheiros – continuou, com um sorriso satisfeito –, chegamos ao fim de nosso pequeno mistério. Agora, vocês são muito bem-vindos para me fazer qualquer pergunta que quiserem, sem o risco de eu me recusar a respondê-la.

# PARTE II

*O país dos Santos*

*Capítulo 1*

## NA GRANDE PLANÍCIE ALCALINA

Na porção central do grande continente norte-americano, existe um deserto árido e resistente que por muitos anos serviu de barreira contra o avanço da civilização. De Sierra Nevada a Nebraska, do rio Yellowstone, no norte, até o Colorado, no sul, é uma região desolada e silenciosa. Nem sempre a natureza mantém o mesmo humor nessa zona sombria. Ela comporta montanhas altas, com os picos cobertos de neve, e vales escuros e tenebrosos. Rios fluem rapidamente, precipitando-se por cânions irregulares; e existem enormes planícies, brancas de neve no inverno e cinzentas de pó salino alcalino, no verão. Tudo isso preserva, no entanto, as características comuns de aridez, inospitalidade e miséria.

Nessa terra de desespero não existem moradores. Ocasionalmente, um bando de *pawnees* ou de *blackfeet** pode atravessá-la para chegar a outros terrenos de caça, mas os valentes mais ousados ficam felizes de se afastarem

---

* Povos nativos norte-americanos. (N.T.)

daquelas planícies espantosas e de se verem mais uma vez em suas pradarias. O coiote esconde-se em meio ao matagal, o abutre voa pesadamente pelo ar, e o desajeitado urso pardo move-se com dificuldade pelas ravinas, pegando o máximo de sustento possível por entre as rochas. Esses são os únicos habitantes da região selvagem.

No mundo todo não pode haver visão mais lúgubre do que a da encosta norte de Sierra Blanco. Até onde a vista alcança, estende-se a vasta planície reta, toda polvilhada de manchas de álcali e entrecortada por aglomerados de arbustos chaparral anões. No limite do horizonte, vê-se uma longa cadeia de picos montanhosos, com seus cumes acidentados salpicados de neve. Nessa grande extensão de terra não há sinal de vida nem de nada pertencente à vida. Não há pássaros no céu azul-aço, nenhum movimento sobre a terra cinza e sem brilho. Acima de tudo, há um silêncio absoluto. Por mais que se tente escutar, não existe sombra de som nesse imponente deserto; nada a não ser silêncio, total e opressivo silêncio.

Dizem que na ampla planície não há nada pertencente à vida. Isso não chega a ser verdade. Olhando de Sierra Blanco, pode-se ver um caminho traçado pelo deserto, que segue serpenteando e se perde na extrema distância. Está sulcado pelas rodas e pisado pelos pés de muitos aventureiros. Aqui e ali há objetos brancos espalhados que reluzem ao sol e se destacam junto ao depósito fosco de álcali. Aproxime-se e analise-os. Há ossos, alguns grandes e grosseiros, outros menores e mais delicados. Os primeiros pertenceram a bois, e os últimos, a homens. Por cerca de 2.500 km, pode-se traçar a rota dessa caravana sinistra por meio dos restos mortais daqueles que pereceram pelo caminho.

Em 4 de maio de 1847, olhando exatamente para essa cena, estava um viajante solitário. Sua aparência era tal que poderia ser o próprio gênio ou o demônio da região. Um observador teria dificuldade em dizer se ele estava mais perto dos 40 ou dos 60 anos. Tinha o rosto magro e abatido, e a pele curtida como pergaminho esticava-se sobre os ossos proeminentes; os cabelos e a barba longos e castanhos estavam salpicados e tracejados de branco; os olhos fundos tinham um brilho incomum; e a mão que segurava o rifle mal passava da mão de um esqueleto. Para ficar em pé, ele se apoiava na arma; mesmo assim, sua figura alta e a estrutura maciça de seus ossos sugeriam uma constituição rija e vigorosa. No entanto, o rosto macilento e as roupas, que pendiam completamente frouxas sobre os membros murchos, anunciavam o que lhe dava aquela aparência senil e decrépita: o homem estava morrendo, morrendo de fome e de sede.

Descera a ravina com esforço e subira naquela pequena elevação na vã esperança de avistar algum sinal de água. Agora, a grande planície salgada estendia-se diante de seus olhos, e o cinturão distante de montanhas selvagens não exibia, em parte alguma, um sinal de planta ou árvore que pudesse indicar a presença de umidade. Em toda aquela ampla paisagem não havia vislumbre de esperança. O homem olhou para norte, leste e oeste com olhos desesperados e questionadores, e então percebeu que sua perambulação chegara ao fim e que estava prestes a morrer ali, naquele penhasco árido.

– Por que não aqui, bem como em uma cama de plumas daqui a vinte anos? – murmurou enquanto se sentava ao abrigo de um rochedo.

Antes de se sentar, ele havia pousado no chão seu rifle inútil, além de uma grande trouxa, amarrada com um xale cinza, que vinha carregando pendurada no ombro direito. Parecia ser um tanto pesada para suas forças, porque, ao abaixá-la, ela caiu no chão com certa violência. Instantaneamente, do embrulho cinza irrompeu um gemido, e dali saiu um rostinho assustado, com olhos castanhos muito brilhantes e dois pequenos punhos pintalgados e com covinhas.

– Você me machucou – disse uma voz infantil, censurando-o.

– Machuquei, mas foi sem querer – o homem respondeu, contrito.

Ao falar, ele desembrulhou o xale cinza e expôs uma linda garotinha de cerca de 5 anos, cujos sapatos graciosos e o elegante vestido rosa com avental de linho evidenciavam um cuidado materno. A criança estava pálida e abatida, mas seus braços e suas pernas saudáveis indicavam que ela havia sofrido menos do que seu companheiro.

– Como está agora? – ele perguntou, ansioso, porque ela continuava esfregando os cachos dourados e despenteados que lhe cobriam a nuca.

– Dê um beijo que sara – ela disse na maior gravidade, mostrando a parte machucada para ele. – É o que a mamãe costumava fazer. Onde ela está?

– Sua mãe foi embora. Acho que você vai vê-la daqui a pouco.

– Foi embora, é? – disse a garotinha. – Engraçado ela não ter se despedido; ela quase sempre fazia isto, mesmo se estivesse só indo até a casa da titia para tomar chá, e agora faz três dias que ela sumiu. Diga, está muito seco, não está? E não tem água, nem nada para comer?

– Não, não tem nada, querida. Você só precisa ter um pouco de paciência e então vai ficar tudo bem. Encoste a cabeça em mim, deste jeito, e vai se sentir mais valente. Não é fácil falar quando os lábios parecem couro, mas acho melhor eu te dizer em que pé estão as coisas. O que você tem aí?

– Coisas lindas! Coisas encantadoras! – exclamou a menina com entusiasmo, erguendo dois fragmentos reluzentes de mica. – Quando a gente voltar para casa, vou dar isto para meu irmão, Bob.

– Logo você vai ver coisas mais bonitas – disse o homem, com segurança. – Só espere um pouco. Mas eu ia te contar... Você se lembra de quando deixamos o rio?

– Ah, lembro.

– Bom, calculamos que logo iríamos chegar a outro rio, entende? Mas algo deu errado; bússola ou mapa, ou alguma coisa, e o rio não apareceu. Acabou a água. Só sobrou uma gotinha para gente como você e... e...

– E você não conseguiu se lavar – interrompeu a companheira gravemente, olhando para o rosto sujo do homem.

– Não, nem beber. E Mr. Bender foi o primeiro a partir, depois o índio Pete, em seguida Mrs. McGregor e depois John Hones, e então, querida, a sua mãe.

– Então a mamãe também está morta – exclamou a garotinha, enfiando o rosto no avental e soluçando com amargura.

– Sim, todos eles se foram, menos eu e você. Então, achei que havia alguma chance de água por estes lados, carreguei você sobre o ombro e nos arrastamos para cá juntos. Não parece que melhoramos a situação. Agora temos uma chance muito pequena!

– Você está dizendo que nós também vamos morrer? – perguntou a criança, segurando os soluços e erguendo o rosto manchado de lágrimas.

– Acho que é o que está parecendo.

– Por que não disse isso antes? – ela perguntou, rindo com alegria. – Você me deu o maior susto. Ora, é claro, já que vamos morrer, vamos estar de novo com a mamãe.

– É, você vai, querida.

– E você também. Vou contar a ela como você foi bom. Aposto que ela vai encontrar a gente na porta do paraíso com uma grande jarra de água e uma porção de bolos de trigo, quentes e tostados dos dois lados, como Bob e eu gostávamos. Quanto tempo vai demorar?

– Não sei. Não muito. – Os olhos do homem estavam fixos no horizonte ao norte. Na abóbada azul do céu haviam surgido três pontinhos que cresciam de tamanho a todo momento, de tão rápido que se aproximavam. Em pouco tempo eles se transformaram em três grandes aves marrons, que circularam sobre a cabeça dos dois andarilhos, para depois se acomodar sobre algumas rochas acima deles. Eram abutres, os urubus do Oeste, cuja vinda é o mensageiro da morte.

– Galos e galinhas! – exclamou a garotinha, contente, apontando para as formas de mau agouro, batendo palmas para elas se levantarem. – Diga, Deus fez este lugar?

– No processo, ele fez – respondeu o homem, um tanto perplexo com a pergunta inesperada.

– Ele fez as terras de Illinois, e o Missouri – a garotinha continuou. – Acho que outra pessoa fez este lugar aqui. Nem chega a ser bem feito. Esqueceram a água e as árvores.

– O que você acha de rezar? – o homem perguntou com timidez.

– Ainda não é noite – ela respondeu.

– Não tem importância. Não é o normal, mas aposto que Ele não vai se incomodar com isso. Você diz aquelas preces que costumava dizer toda noite no carroção, quando estávamos nas planícies.

– Por que você mesmo não diz algumas? – a criança perguntou, com um olhar questionador.

– Eu esqueci as orações. Não rezo desde que tinha a metade da altura daquela arma. Acho que nunca é tarde demais. Você vai rezando e eu fico do lado, e entro nos refrões.

– Então, você precisa se ajoelhar, e eu também – ela disse, estendendo o xale com esse propósito. – Você precisa levantar as mãos deste jeito. Faz com que se sinta mais ou menos bom.

Foi uma visão estranha, caso houvesse alguém para ver além dos abutres. Lado a lado, no xale estreito, ajoelharam-se os dois andarilhos, a criança tagarela e o aventureiro temerário e empedernido. O rosto rechonchudo da menina e as feições angulosas e exauridas do homem estavam voltados para o céu sem nuvens, numa súplica sincera àquele ser temível com quem estavam frente a frente, enquanto as duas vozes – uma fina e clara, a outra grave e severa – uniam-se implorando piedade e perdão. Terminada a prece, eles retomaram seu assento à sombra do rochedo, até que a menina adormeceu, aninhando-se no peito largo de seu protetor. Por um tempo, ele zelou pelo sono dela, mas a natureza provou ser forte demais para ele. Por três dias e três noites, não havia se permitido parar nem descansar. Lentamente, as pálpebras caíram sobre os olhos cansados, e a cabeça afundou cada vez mais sobre o peito, até que a barba grisalha do homem misturou-se com as tranças douradas da menina, e os dois caíram no mesmo sono profundo e sem sonhos.

Caso o andarilho tivesse ficado acordado por mais meia hora, uma visão estranha teria encontrado seus olhos. À distância, no limite extremo da planície alcalina, erguia-se um leve borrifo de poeira que mal dava para distinguir das névoas longínquas, mas que crescia gradualmente, ficando mais alto e mais largo, até formar uma nuvem sólida e bem definida. Essa nuvem continuou a aumentar de tamanho até ficar evidente que só poderia ser levantada por uma grande quantidade de criaturas em movimento. Em terrenos mais férteis, o observador chegaria à conclusão de que um desses grandes rebanhos de bisões que pasta na pradaria se aproximava dele. Obviamente, isso era impossível naquele deserto árido. Conforme o redemoinho de poeira foi chegando mais perto da falésia solitária em que repousavam os dois sobreviventes, os toldos de lona dos carroções e as figuras de cavaleiros começaram a se delinear em meio à névoa, e a aparição se revelou uma grande caravana em sua jornada para o Oeste. Mas que caravana! Quando sua dianteira atingiu a base das montanhas, a retaguarda ainda nem era visível no horizonte. Atravessando a enorme planície, estendiam-se os inúmeros retardatários, carroções e carroças, homens a cavalo e a pé, numerosas mulheres que cambaleavam sob fardos e crianças que andavam vacilantes ao lado de carroções ou espiavam por debaixo das coberturas brancas. Com certeza, aquilo não era um grupo comum de imigrantes, mas sim algum povo nômade que, compelido pela força das circunstâncias, saíra em busca de um novo país. Ali, em meio ao ar límpido, elevou-se uma confusão barulhenta provocada por aquela grande massa de humanidade, com o rangido das rodas e o relincho dos cavalos. Por mais alto que fosse, o barulho não foi o suficiente para despertar os dois viajantes acima deles.

À frente da coluna cavalgavam uns vinte ou mais homens, sérios, empedernidos, envoltos em roupas caseiras e escuras, armados com rifles. Ao chegarem à base da falésia, pararam e se juntaram para uma breve reunião.

– Os poços ficam à direita, meus irmãos – disse um deles, um homem bem barbeado e grisalho, lábios duros.

– À direita de Sierra Blanco; então devemos chegar a Rio Grande – disse outro.

– Não temam pela água – exclamou um terceiro. – Aquele que conseguiu extraí-la das rochas não abandonará agora o próprio povo escolhido.

– Amém! Amém! – respondeu todo o grupo.

Estavam prontos para retomar a viagem quando um dos mais jovens e de olhar arguto soltou uma exclamação e apontou para o rochedo acidentado acima deles. Em seu cume tremulava um pequeno tufo rosa, nítido e vivo junto às pedras cinza do fundo. Diante daquela visão, todos os cavalos foram contidos e as armas empunhadas, enquanto novos cavaleiros chegavam a galope para reforçar a vanguarda. Em todos os lábios estava o termo "peles-vermelhas".

– Não pode haver nenhum indígena aqui – disse o idoso, que parecia estar no comando. – Passamos pelos *pawnees*, e não há outros povos até cruzarmos as grandes montanhas.

– Devo seguir em frente e dar uma olhada, Irmão Stangerson? – perguntou um dos membros do bando.

– E eu, e eu? – gritou uma dúzia de vozes.

– Deixem seus cavalos aqui embaixo, esperaremos vocês aqui – respondeu o idoso.

Em um instante os jovens desmontaram, prenderam os cavalos e se puseram a subir a encosta íngreme que levava ao objeto que havia excitado sua curiosidade. Avançaram rapidamente e sem fazer barulho, com a confiança e agilidade de olheiros experientes. Da planície abaixo, os observadores puderam vê-los saltar de rocha em rocha, até suas figuras se destacarem contra a linha do horizonte. O jovem que primeiro dera o alarme liderava-os. Subitamente, seus seguidores viram-no jogar as mãos para cima, como que assombrado, e, acompanhando-o, reagiram da mesma maneira diante da cena com que se depararam.

No pequeno platô que encimava a colina árida, havia um único e enorme rochedo, e junto a ele achava-se um homem alto, de barbas longas e feições duras, mas de uma magreza excessiva. Seu rosto plácido e a respiração regular mostravam que dormia profundamente. A seu lado estava uma criança, os braços brancos e rechonchudos rodeando o pescoço musculoso e escuro do homem, e a cabeça de cabelos dourados pousada sobre o peito da túnica de veludo que ele vestia. Seus lábios rosados estavam entreabertos, mostrando a linha regular de dentes muito brancos, e um sorriso divertido brincava sobre os traços infantis. Suas perninhas brancas e roliças, arrematadas por meias soquetes brancas e sapatos perfeitos, com fivelas brilhantes, apresentavam um estranho contraste com os membros longos e encolhidos de seu acompanhante. À beira do rochedo, acima dessa dupla estranha, achavam-se três solenes abutres que, à visão dos recém-chegados, soltaram gritos estridentes de decepção e se afastaram sombriamente num bater de asas.

Os gritos dos desagradáveis pássaros acordaram os dois adormecidos, que olharam ao redor, perplexos. O homem levantou-se, cambaleando, e olhou para baixo, para a planície, tão desolada quando ele fora tomado pelo sono, e agora atravessada por aquele enorme grupo de homens e animais. Enquanto olhava, seu rosto assumiu uma expressão incrédula, e ele passou a mão esquelética sobre os olhos.

– Acho que isso é o que eles chamam de delírio – murmurou.

A criança ficou ao lado dele, segurando a barra de seu casaco sem dizer nada, mas olhando à sua volta com a expressão questionadora e curiosa da infância.

O grupo de resgate rapidamente convenceu os dois de que seu surgimento não era uma ilusão. Um deles pegou a garotinha e ergueu-a sobre o ombro, enquanto dois outros apoiavam seu companheiro macilento, ajudando-o a chegar aos carroções.

– Meu nome é John Ferrier – explicou o andarilho. – Eu e esta menina somos tudo o que restou de vinte e uma pessoas. O restante morreu de sede e fome lá pelos lados do sul.

– É sua filha? – alguém perguntou.

– Acho que agora é – o outro exclamou, desafiando. – É minha porque a salvei. Ninguém vai tirá-la de mim. A partir de hoje, ela é Lucy Ferrier. Mas quem são vocês? – ele continuou, olhando com curiosidade para seus salvadores robustos, queimados de sol. – Parece haver um montão de vocês.

– Quase dez mil – disse um dos rapazes. – Somos os filhos perseguidos de Deus, os escolhidos do Anjo Morôni.

– Nunca ouvi falar dele – disse o andarilho. – Parece que ele escolheu uma bela multidão de vocês.

– Não brinque com o que é sagrado – disse o outro, duramente. – Somos aqueles que acreditam nas sagradas escrituras, lavradas em letras egípcias em placas de ouro batido, entregues ao santo Joseph Smith, em Palmira. Viemos de Nauvoo, no estado de Illinois, onde tínhamos fundado nosso templo. Viemos buscar refúgio do homem violento e sem Deus, ainda que seja no coração do deserto.

Evidentemente, o nome Nauvoo trouxe recordações a John Ferrier.

– Entendo – disse –, vocês são os mórmons.

– Somos os mórmons – responderam os outros a uma só voz.

– E para onde estão indo?

– Não sabemos. A mão de Deus nos conduz na pessoa do nosso Profeta. Você precisa vir até ele. Ele dirá o que deve ser feito com você.

A essa altura, eles haviam chegado à base da colina e estavam cercados por grupos de peregrinos – mulheres pálidas, de ar submisso, crianças fortes e sorridentes e homens ansiosos, com olhar intenso. Foram muitas as exclamações de surpresa e comiseração vindas de todos quando perceberam o quanto um dos estranhos era jovem e o outro, miserável, mas seu séquito não se deteve: seguiu em frente, acompanhado por uma grande quantidade de mórmons, até chegarem a um carroção, notável por ser enorme e por sua aparência pomposa e elegante. A ele estavam atrelados seis cavalos, enquanto os outros tinham dois ou, no máximo, quatro cada um. Ao lado do cocheiro estava um homem que não poderia ter mais de 30 anos, mas cuja cabeça compacta e expressão resoluta destacavam-no como líder. Lia um volume de capa marrom, mas quando o grupo se aproximou, deixou-o de lado e escutou com atenção o relato do episódio. Depois, voltou-se para os dois estranhos.

– Se os levarmos conosco – disse num tom solene –, só poderá ser como crentes em nosso próprio credo. Não podemos ter lobos em nosso aprisco. Seria melhor seus ossos branquearem neste deserto do que vocês se revelarem aquela pequena pitada de podridão, que com o tempo contamina toda a fruta. Vocês virão conosco nesses termos?

– Acho que irei com vocês em quaisquer termos – disse Ferrier, com tal ênfase que os sérios anciãos não conseguiram refrear um sorriso. Só o líder manteve sua expressão dura e imponente.

– Leve-o, irmão Stangerson – ele disse. – Dê-lhe de comer e de beber, e faça o mesmo com a criança. Que também seja sua missão ensinar-lhe nosso credo sagrado. Já nos atrasamos demais. Em frente! Sigamos, sigamos para Sião!

– Sigamos, sigamos para Sião! – exclamou a multidão de mórmons, e as palavras ondularam pela longa caravana, passando de boca em boca até se esvaírem ao longe em um murmúrio abafado. Com um estalo de chicotes e um ranger de rodas, os grandes carroções puseram-se em movimento e logo toda a caravana voltava mais uma vez a serpentear em frente. O ancião a cujos cuidados os dois perdidos haviam sido entregues levou-os até seu carroção, onde uma refeição já os aguardava.

– Vocês devem permanecer aqui – ele disse. – Daqui a alguns dias terão se recuperado do cansaço. Enquanto isso, lembrem-se de que agora, e para sempre, pertencem a nossa religião. Brigham Young foi quem disse isso, e falou com a voz de Joseph Smith, que é a voz de Deus.

*Capítulo 2*

# A FLOR DE UTAH

Este não é o lugar para celebrar as provações e privações sofridas pelos imigrantes mórmons antes de chegarem a seu refúgio final. Das margens do Mississipi às encostas ocidentais das Montanhas Rochosas, eles seguiram lutando com uma constância quase sem paralelos na história. O homem selvagem e o animal selvagem, fome, sede, cansaço e doença, todo impedimento que a natureza poderia colocar no caminho, tudo foi superado pela tenacidade anglo-saxã. No entanto, a longa jornada e os terrores acumulados abalaram o coração do mais forte entre eles. Não houve um que não caísse de joelhos, numa prece sincera, ao ver lá embaixo o amplo vale de Utah, banhado pela luz do sol; e souberam, pelos lábios de seu líder, que aquela era a terra prometida e que aqueles acres intocados seriam deles para sempre.

Rapidamente, Young provou ser um administrador habilidoso e um chefe decidido. Foram feitos mapas e gráficos nos quais a futura cidade foi projetada. Em toda a volta, fazendas foram demarcadas e distribuídas proporcionalmente, segundo a posição de cada indivíduo. O comerciante foi colocado em seu comércio e o artesão, em sua vocação. Ruas e praças brotaram na cidade como se fosse mágica. No campo, houve drenagem e cercaduras com sebes, plantio e desmatamento, até que o verão seguinte viu toda a terra dourada com a plantação de trigo. Tudo prosperava no estranho assentamento. Acima de tudo, o grande templo erguido no centro da cidade ficou ainda mais alto e maior. Do primeiro raiar da madrugada até o encerrar do crepúsculo, o tilintar do martelo e o som áspero do serrote nunca deixaram de estar presentes no monumento que os imigrantes ergueram a Ele, que os havia conduzido a salvo em meio a tantos perigos.

Os dois sobreviventes, John Ferrier e a garotinha que havia compartilhado sua sorte e sido adotada como filha, acompanharam os mórmons até o fim de sua grande peregrinação. A pequena Lucy Ferrier foi carregada de maneira bastante confortável no carroção do Ancião Stangerson, refúgio que dividiu com as três esposas do mórmon e seu filho, um menino de 12 anos, cabeça-dura e atrevido. Tendo se recuperado, com a elasticidade da infância, do choque causado pela morte da mãe, a menina logo se tornou a queridinha das mulheres e se acomodou naquela nova vida, em sua casa móvel coberta de lona. Nesse meio-tempo, tendo se recuperado de suas privações, Ferrier destacou-se como um guia útil e um caçador incansável. Conquistou a estima dos novos companheiros com tanta rapidez que, quando chegaram ao fim de suas andanças, houve uma concordância unânime de que ele deveria receber um lote de terra tão grande e fértil quanto qualquer um dos assentados, com exceção do próprio Young e de Stangerson, Kemball, Johnston e Drebber, os quatros principais anciãos.

Na fazenda assim adquirida, John Ferrier construiu uma considerável casa de troncos que recebeu tantos acréscimos nos anos subsequentes que se transformou em uma casa de campo espaçosa. Ele era um homem de mentalidade prática, empenhado em suas transações e habilidoso com as mãos. Sua constituição férrea possibilitava que trabalhasse de manhã até à noite, aprimorando e cultivando suas terras. Sendo assim, aconteceu que sua fazenda e tudo o que lhe pertencia prosperou excessivamente. Em três anos, estava mais bem de vida que seus vizinhos; em seis, era abastado; em nove, era rico e em doze não havia, em toda Salt Lake City, meia dúzia de homens comparável a ele. Do grande mar interior às distantes Montanhas Wasatch, nenhum nome era mais conhecido que o de John Ferrier.

Havia apenas uma maneira, e apenas uma, pela qual ele ofendia as suscetibilidades de seus correligionários. Nenhuma discussão ou tentativa de convencimento jamais conseguiu induzi-lo a ser polígamo, como seus companheiros. Ele nunca apresentava motivos para sua recusa persistente, mas se contentava em aderir a sua determinação de maneira decidida e inflexível. Alguns acusavam-no de falta de entusiasmo para com a religião que adotara; outros atribuíam essa atitude à ganância pela riqueza e à relutância em incorrer em despesas; outros, ainda, falavam de algum caso de amor antigo e de uma menina de cabelos claros que definhara na costa do Atlântico. Qualquer que fosse o motivo, Ferrier permanecia rigorosamente solteiro. Em todos os outros aspectos, ele se sujeitava à religião do recém-criado assentamento e criou fama de ser um homem ortodoxo e correto.

Lucy Ferrier cresceu na casa de troncos e ajudou o pai adotivo em todos os seus projetos. O ar intenso da montanha e o odor balsâmico dos pinheiros ocuparam o lugar de babá e mãe da menina. Com o passar dos anos, ela ficou alta e forte, seu rosto, mais corado, e o andar, mais elástico. Muitos dos viajantes na estrada que passava pela fazenda de Ferrier sentiam reviver pensamentos esquecidos por muito tempo ao ver a ágil figura feminina tropeçando em meio aos trigais, ou montada no cavalo bravio do pai, manejando-o com toda a facilidade e graça de uma verdadeira filha do Oeste. Assim, o botão desabrochou em flor, e o ano que viu seu pai se tornar o mais rico dos fazendeiros fez dela um espécime tão formoso da meninice americana quanto os que podiam ser encontrados em toda a costa do Pacífico.

No entanto, não foi o pai o primeiro a descobrir que a criança havia se transformado em mulher. Raramente isso acontece. A mudança misteriosa é muito sutil e gradual demais para ser medida por datas. A moça percebe isto menos ainda, até que o tom de uma voz ou o toque de uma mão põe seu coração a vibrar, e ela aprende, com um misto de orgulho e medo, que uma natureza nova e maior despertou em seu íntimo. Poucas não conseguem se lembrar desse dia e do pequeno incidente que anunciou o despertar de uma nova vida. No caso de Lucy Ferrier, a ocasião foi bastante séria por si só, sem falar em sua futura influência em seu destino e no de muitos outros.

Era um dia quente de junho, e os Santos dos Últimos Dias estavam atarefados como abelhas, cuja colmeia haviam escolhido como seu emblema. Dos campos e das ruas subia o mesmo zumbido da atividade humana. Pelas estradas empoeiradas desfilavam longos fluxos de mulas sobrecarregadas, todos dirigindo-se ao Oeste, porque a febre do ouro explodira na Califórnia, e a via terrestre passava pela Cidade do Eleito. Havia também bandos de carneiros e novilhos vindos das pastagens distantes e cortejos de imigrantes cansados, homens e cavalos igualmente exaustos de sua interminável jornada. Em meio a todo esse cortejo heterogêneo, abrindo caminho com sua habilidade de cavaleira consumada, galopava Lucy Ferrier, o rosto claro afogueado pelo exercício e o longo cabelo castanho flutuando atrás dela. Tinha uma incumbência de seu pai para resolver na cidade, e precipitava-se, como fizera muitas vezes antes, com todo o destemor da juventude, pensando apenas em sua tarefa e em como ela deveria ser realizada. Os aventureiros sujos pela viagem olhavam para ela atônitos, e até os indígenas nada emotivos, viajando com suas peles de animais, afrouxaram seu costumeiro estoicismo ao se maravilhar com a beleza da moça de pele clara.

Ela havia chegado à periferia da cidade quando encontrou a estrada bloqueada por um grande rebanho bovino, conduzido por meia dúzia de vaqueiros de aspecto indômito, vindos da planície. Em sua impaciência, esforçou-se para passar pelo obstáculo, pressionando o cavalo pelo que pareceu ser uma brecha. No entanto, mal tinha avançado quando os animais se fecharam atrás dela, que se viu completamente encravada no fluxo em movimento de bois de longos chifres e olhar hostil. Acostumada com gado, como estava, não ficou assustada, mas tirou vantagem de toda oportunidade para incitar seu cavalo, na esperança de avançar pela cavalgada. Infelizmente, os chifres de um dos animais, por acidente ou premeditação, entraram com violência no flanco do mustangue,* levando-o à loucura. Em um instante, ele empinou com um resfolegar de raiva, corcoveou e se jogou de uma maneira que teria derrubado qualquer um que não fosse um cavaleiro habilidoso. A situação era muito perigosa. Cada salto do cavalo agitado levava-o novamente de encontro aos chifres, incitando-o a nova loucura. Tudo o que moça podia fazer era se manter na sela: uma escorregada poderia significar uma morte horrorosa sob os cascos dos animais pesados e apavorados. Desacostumada de emergências súbitas, sua cabeça começou a girar e sua empunhadura nas rédeas, a relaxar. Sufocada pela nuvem de poeira que se erguia e pelo fumegar dos animais que se debatiam, ela poderia ter abandonado seus esforços em desespero, não fosse uma voz gentil junto a seu cotovelo, prometendo ajuda. No mesmo momento, uma mão morena vigorosa pegou o cavalo assustado pelo freio e, forçando caminho pelo rebanho, logo a tirou daquele aperto.

– Espero que não esteja machucada, *miss* – disse o protetor, respeitosamente.

---

* Cavalo que vive em estado selvagem, mas que é chamado de assilvestrado por descender de cavalos domesticados, trazidos por colonizadores, ou por terem escapado da vida doméstica e, às vezes, sido abandonados. Vivem em bandos, em vários países. Alguns podem ser domesticados. (N.T.)

Ela olhou para seu rosto escuro e sério e riu com atrevimento.

– Estou muito assustada – disse, ingenuamente. – Quem diria que Poncho ficaria tão nervoso com um bando de vacas?

– Graças a Deus você se manteve no lugar – o outro disse seriamente. Era um rapaz alto, de aspecto selvagem, montado num vigoroso cavalo castanho e vestido com as roupas rústicas de um caçador, com um longo rifle pendurado nos ombros. – Imagino que seja a filha de John Ferrier – observou. – Vi você saindo a cavalo da casa dele. Quando o vir, pergunte se ele se lembra de Jefferson Hope, de St. Louis. Se for o mesmo Ferrier, meu pai e ele eram muito chegados.

– Não seria melhor você mesmo perguntar? – ela indagou, recatada.

O rapaz pareceu gostar da sugestão, e seus olhos escuros faiscaram de prazer.

– Farei isso – disse. – Faz dois meses que estamos nas montanhas, e não estamos em condições de fazer visitas. Ele terá que nos receber como estamos.

– Ele tem muito a lhe agradecer, e eu também – ela disse. – Ele gosta muito de mim. Se essas vacas tivessem me atacado, ele jamais superaria.

– Nem eu – disse seu companheiro.

– Você! Bom, não vejo como isso teria muita importância para você. Não é nem mesmo nosso amigo!

O rosto moreno do jovem caçador ficou tão melancólico com essa observação, que Lucy Ferrier caiu na risada.

– Ah, não quis dizer isso – falou. – Claro que agora você é um amigo. Deve vir nos visitar. Agora, tenho que ir, ou papai nunca mais vai me confiar seus negócios. Tchau!

– Tchau – ele respondeu, erguendo o grande *sombrero* e inclinando-se sobre a mão delicada de Lucy.

Ela virou seu cavalo, deu-lhe uma leve chicotada e disparou pela larga estrada, levantando uma nuvem de poeira.

O jovem Jefferson Hope cavalgou com seus companheiros, sorumbático e taciturno. Todos eles haviam estado entre as Montanhas Nevadas, prospectando prata, e estavam voltando a Salt Lake City na esperança de levantar capital suficiente para trabalhar alguns filões que haviam descoberto. Ele estivera tão interessado no negócio quanto qualquer um dos outros, até aquele súbito incidente que havia arrastado seus pensamentos para outra direção. A visão da bela jovem loira, tão sincera e saudável quanto as brisas da Sierra, agitara profundamente seu indomável coração vulcânico. Quando ela se perdeu de vista, ele percebeu que começava a viver uma crise, e que nem especulações sobre prata nem qualquer outra questão jamais poderiam ter tal importância quanto esse novo fato tão absorvente. O amor que crescera em seu coração não era a fantasia súbita e mutável de um menino, mas sim a paixão louca e intensa de um homem de vontade forte e temperamento urgente. Estava acostumado a se sair bem em tudo a que se propunha. Jurou consigo mesmo que não fracassaria no que dependesse de esforço e perseverança humanos para ser bem sucedido.

Visitou John Ferrier naquela noite e em muitas outras vezes, até seu rosto se tornar familiar na casa da fazenda.

John, confinado em seu vale e absorvido em seu trabalho, tivera pouca chance de se inteirar das novidades do mundo exterior nos últimos doze anos. Jefferson Hope pôde contar tudo a ele, e num estilo que interessou a Lucy tanto quanto a seu pai. O rapaz fora um pioneiro na Califórnia, podendo contar muitas histórias estranhas de fortunas feitas e perdidas naqueles dias delirantes e agradáveis. Também tinha sido batedor, caçador, explorador de prata e rancheiro. Onde quer que houvesse aventuras movimentadas, lá estava Jefferson Hope procurando por elas. Logo ele caiu nas boas graças do velho fazendeiro, que falava com eloquência de suas virtudes. Em tais ocasiões, Lucy ficava calada, mas seu rosto corado e seus olhos brilhantes e felizes mostravam com a maior clareza que seu jovem coração já não lhe pertencia. Seu honesto pai pode não ter observado esses sintomas, mas com certeza eles não foram desperdiçados pelo homem que conquistou seus afetos.

Em um final de tarde de verão, ele veio a galope pela estrada e parou na porteira. Ela estava na entrada e desceu para encontrá-lo. Ele jogou a rédea sobre a cerca e subiu o caminho.

– Estou indo, Lucy – disse, pegando as mãos dela nas suas e olhando com ternura para seu rosto. – Não vou pedir que venha comigo agora, mas você estará preparada para vir quando eu voltar novamente?

– E quando será isso? – ela perguntou, corando e rindo.

– Ficarei fora uns dois meses. Eu voltarei para buscá-la, minha querida. Ninguém poderá se colocar entre nós.

– E quanto ao meu pai?

– Ele deu seu consentimento, desde que façamos essas minas funcionarem bem. Não tenho medo quanto a isso.

– Bom, é claro, se você e meu pai decidiram tudo, não há mais nada a ser dito – ela murmurou, com o rosto junto ao peito largo de Jefferson.

– Graças a Deus – ele disse, com a voz rouca, inclinando-se e beijando-a. – Então está acertado. Quanto mais tempo eu ficar, mais difícil será ir embora. Eles estão me esperando no cânion. Adeus, querida... adeus. Daqui a dois meses estarei de volta.

Enquanto falava, ele se separou dela e, lançando-se sobre seu cavalo, saiu galopando loucamente, sem nem mesmo olhar para trás, como se tivesse medo de que sua decisão pudesse fraquejar caso desse uma única olhada para o que estava deixando. Ela ficou parada no portão, olhando-o até ele sumir de vista. Depois voltou para casa, a menina mais feliz de toda Utah.

*Capítulo 3*

## JOHN FERRIER FALA COM O PROFETA

Haviam se passado três semanas desde que Jefferson Hope e seus companheiros tinham partido de Salt Lake City. O coração de John Ferrier doía sempre que pensava na volta do rapaz e na perda iminente da filha adotada. No entanto, o rosto luminoso e feliz da moça reconciliava-o com a ideia do casamento mais do que qualquer argumento poderia ter feito. No fundo do seu coração resoluto, ele decidira que nada jamais o induziria a permitir que a filha se casasse com um mórmon. Enxergava essa união como algo em nada parecido com um casamento, e sim uma vergonha e uma desgraça. O que quer que pudesse pensar das doutrinas mórmons, com relação a isso era inflexível. Tinha que manter a boca selada sobre esse assunto porque, naquela época, era perigoso expressar uma opinião não ortodoxa na Terra dos Santos.

Sim, era perigoso, tão perigoso que até os mais virtuosos apenas ousavam sussurrar suas opiniões religiosas com a respiração suspensa, com medo de que algo que saísse dos seus lábios fosse mal interpretado e lhes trouxesse uma rápida retaliação. As vítimas de perseguição agora tinham se tornado perseguidores por sua própria conta, e perseguidores dos mais terríveis. Nem a Inquisição de Sevilha, nem a Liga da Corte Sagrada alemã, ou as Sociedades Secretas da Itália conseguiram pôr em funcionamento um mecanismo mais formidável do que aquele que lançava uma nuvem sobre o estado de Utah.

Sua invisibilidade e o mistério que lhe era associado tornavam essa organização duplamente terrível. Ela parecia ser onisciente e onipotente e, no entanto, não era vista, nem ouvida. Aquele que se opunha à Igreja desaparecia, e ninguém sabia para onde tinha ido ou o que lhe acontecera. Sua esposa e seus filhos esperavam por ele em casa, mas nenhum pai jamais voltou para contar como havia se saído nas mãos de seus juízes secretos. Uma palavra precipitada ou um ato impensado eram seguidos por aniquilação, e, no entanto, ninguém sabia qual poderia ser a natureza desse terrível poder suspenso sobre todos. Não é de surpreender que os homens andassem temerosos e trêmulos, e que mesmo no coração do território selvagem não ousassem sussurrar as dúvidas que os oprimiam.

A princípio, esse poder vago e terrível foi exercitado apenas sobre os recalcitrantes que, tendo abraçado a fé mórmon, desejavam depois pervertê-la ou abandoná-la. No entanto, logo aquilo assumiu um alcance maior. O suprimento de mulheres adultas estava diminuindo, e a poligamia, sem uma população feminina suficiente para alimentá-la, era uma doutrina de fato árida. Começaram a ser espalhados rumores estranhos, rumores de imigrantes assassinados e acampamentos saqueados em regiões onde nunca se viram indígenas. Novas mulheres apareceram nos haréns dos idosos, mulheres que definhavam e choravam, trazendo nos rostos traços de um horror inextinguível. Andarilhos retardatários nas montanhas falavam de gangues de homens armados, mascarados, furtivos e silenciosos, que passavam rapidamente por eles na escuridão. Essas histórias e rumores ganharam substância e forma e foram corroboradas diversas vezes até se estabelecerem em um único nome. Até hoje, nos ranchos solitários do Oeste, o nome do bando Danitas, ou os Anjos Vingadores, é sinistro e de mau agouro.

Um conhecimento maior da organização que produziu resultados tão terríveis serviu para aumentar, e não para diminuir o horror inspirado na mente dos homens. Ninguém sabia quem pertencia àquela sociedade implacável. Os nomes dos participantes nos atos sangrentos e violentos, cometidos em nome da religião, eram mantidos em profundo segredo. O próprio amigo a quem você confidenciasse suas dúvidas em relação ao Profeta e sua missão poderia ser um daqueles que viria à noite para exigir com fogo e espada uma terrível reparação. Assim, todo homem temia seu vizinho, e ninguém falava das coisas que estavam em seu coração.

Numa bela manhã, John Ferrier estava prestes a sair para seus trigais quando ouviu o estalo do trinco e, olhando pela janela, viu um homem de meia-idade, robusto e alourado, subindo pela estradinha Seu coração saltou à boca, porque aquele não era senão o grande Brigham Young em pessoa. Tomado pela ansiedade, porque sabia que tal visita não pressagiava nada de bom, Ferrier correu à porta para receber o chefe mórmon. Este, no entanto, recebeu friamente seus cumprimentos e seguiu-o até a sala de visitas com uma expressão severa.

– Irmão Ferrier – disse, sentando-se e olhando intensamente para o fazendeiro por debaixo dos cílios claros. – Os verdadeiros crentes lhe têm sido bons amigos. Nós o recolhemos quando estava à míngua no deserto, dividimos nossa comida com você, o levamos a salvo até o Vale Escolhido, lhe demos um considerável lote de terra e permitimos que se tornasse rico sob nossa proteção. Não é verdade?

– É – respondeu John Ferrier.

– Em troca de tudo isso, impusemos apenas uma condição: que você adotasse a verdadeira fé e se adequasse de todas as maneiras a seus costumes. Você prometeu fazer isso e, se o que dizem for verdade, você negligenciou.

– Negligenciei como? – perguntou Ferrier, jogando as mãos em protesto. – Eu não contribuí para o fundo comum? Não compareci ao Templo? Não...?

– Onde estão suas esposas? – perguntou Young, olhando ao redor. – Chame-as para que eu possa cumprimentá-las.

– É verdade que não me casei – respondeu Ferrier. – Mas havia poucas mulheres, e muitos tinham mais direitos do que eu. Não fui um homem solitário. Tive minha filha para atender às minhas necessidades.

– É sobre sua filha que eu ia falar com você – disse o líder dos mórmons. – Ela cresceu e se tornou a flor de Utah, e caiu nas graças de muitos homens importantes em nossa terra.

John Ferrier gemeu por dentro.

– Correm histórias sobre ela nas quais eu desejaria não acreditar. Histórias de que ela está comprometida com algum gentio. Deve ser fofoca de quem não tem o que fazer. Qual é a 13ª regra no código do santificado Joseph Smith? "Que toda donzela de verdadeira fé case-se com um dos eleitos; porque se desposar um gentio, comete um grave pecado." Sendo assim, é impossível que você, que professa o santo credo, deva suportar que sua filha o viole.

John Ferrier não respondeu, mas brincou nervoso com seu chicote.

– Sobre esse ponto, toda a sua fé será testada, assim foi decidido no Conselho Sagrado dos Quatro. A moça é jovem, e não permitiremos que se case grisalha nem a privaremos totalmente de escolher. Nós, anciãos, temos muitas novilhas, mas nossos filhos também precisam ser abastecidos. Stangerson tem um filho, e Drebber tem um filho, e qualquer um deles receberia de bom grado sua filha em suas casas. Que ela escolha entre os dois. São jovens ricos e de fé verdadeira. O que você diz sobre isso?

Por um tempo, Ferrier permaneceu calado, com as sobrancelhas contraídas.

– Vocês nos deem tempo – disse, por fim. – Minha filha é muito jovem, mal tem idade para se casar.

– Ela terá um mês para escolher – disse Young, erguendo-se da cadeira. – No final desse prazo, terá que dar uma resposta.

Ele já estava atravessando a porta quando se virou, com o rosto afogueado e os olhos brilhantes.

– Teria sido melhor para vocês, John Ferrier – trovejou –, se os dois fossem agora esqueletos esbranquiçados jazendo em Sierra Blanco, do que pôr suas débeis vontades contra as ordens dos Santos Quatro.

Com um gesto de mão ameaçador, ele se virou para a porta, e Ferrier escutou seu andar pesado esmagando o caminho de seixos.

Ainda estava sentado com os cotovelos sobre os joelhos, pensando em como deveria tocar no assunto com a filha, quando uma mão macia pousou sobre a sua, e levantando os olhos ele a viu parada a seu lado. Um olhar para seu rosto pálido e amedrontado mostrou-lhe que ela havia escutado o que se passara.

– Não pude evitar – ela disse, respondendo ao seu olhar. – A voz dele ressoou pela casa. Pai, pai, o que vamos fazer?

– Não se assuste – ele respondeu, trazendo-a para junto de si e passando com carinho a mão grande e áspera sobre o cabelo castanho da moça. – Vamos resolver isso de um jeito ou de outro. Você não sente diminuir seu afeto por aquele sujeito, sente?

A única resposta foi um soluço e um aperto em sua mão.

– Não, claro que não. Eu não gostaria de ouvi-la dizer que sim. Ele é um rapaz promissor e um cristão, o que é mais do que esses sujeitos daqui, apesar de todas as suas rezas e pregações. Amanhã parte um grupo para Nevada, e vou dar um jeito de lhe mandar uma mensagem para que ele saiba o buraco em que estamos. Se conheço alguma coisa daquele rapaz, ele voltará aqui mais rápido do que um telegrama.

Lucy riu em meio às lágrimas ao ouvir a descrição do pai.

– Quando ele vier, vai nos aconselhar da melhor maneira. Mas sinto medo por você, querido pai. Ouvem-se histórias horrorosas sobre aqueles que se opõem ao Profeta; sempre acontece algo terrível com eles.

– Mas nós ainda não nos opusemos a ele – o pai respondeu. – Quando isso acontecer, será hora de nos prepararmos para a tempestade. Temos todo um mês à nossa frente; no final desse prazo, acho que o melhor será dar o fora de Utah.

– Deixar Utah!

– É mais ou menos esse o tamanho da encrenca.

– Mas... e a fazenda?

– Vamos levantar o máximo que conseguirmos em dinheiro e deixar o resto. Para falar a verdade, Lucy, não é a primeira vez que penso em fazer isso. Não gosto de ser subordinado a nenhum homem, como esse pessoal faz com seu maldito Profeta. Sou um americano nascido livre, e tudo isso é novo para mim. Acho que estou velho demais para aprender. Se ele vier dar uma olhada nesta fazenda, corre o risco de dar com uma carga de chumbo grosso viajando em sentido contrário.

– Mas eles não deixarão a gente ir embora – a filha contestou.

– Espere até a chegada de Jefferson, e logo daremos um jeito nisso. Nesse meio tempo, não se preocupe, minha querida, e não fique com os olhos inchados, ou ele acabará comigo quando a vir. Não há nada a temer e não existe nenhum perigo.

John Ferrier usou essas frases de consolo num tom muito seguro, mas Lucy não pôde deixar de observar que ele tomou um cuidado redobrado ao trancar as portas naquela noite, e cuidadosamente limpou e carregou a espingarda enferrujada que se achava pendurada na parede do seu quarto.

*Capítulo 4*

## UMA FUGA PARA A VIDA

Na manhã que se seguiu à sua conversa com o Profeta mórmon, John Ferrier foi até Salt Lake City e, tendo encontrado seu conhecido, que se dirigia para as Montanhas Nevadas, confiou-lhe seu recado a Jefferson Hope. Nele, contava ao rapaz sobre o perigo iminente que os ameaçava e sobre o quanto sua volta era necessária. Isso feito, sentiu a mente mais relaxada e voltou para casa com o coração mais leve.

Ao se aproximar de sua fazenda, ficou surpreso ao ver cavalos amarrados em cada um dos mourões da porteira. Ficou ainda mais surpreso ao entrar e encontrar dois rapazes instalados em sua sala de visitas. Um, com um rosto comprido e pálido, estava refestelado na cadeira de balanço, os pés erguidos sobre o fogão. O outro, um rapaz de pescoço taurino, traços inchados e grosseiros, achava-se em pé em frente à janela, mãos no bolso, assobiando um hino popular. Quando Ferrier entrou, ambos o cumprimentaram com um gesto de cabeça, e o que estava na cadeira de balanço deu início à conversa.

– Talvez você não nos conheça – disse. – Este aqui é o filho do Ancião Drebber, e eu sou Joseph Stangerson, que viajou com vocês no deserto quando o Senhor estendeu Sua mão e o recolheu para o verdadeiro aprisco.

– Como fará com todas as nações em Seu próprio e bom tempo – disse o outro, com voz anasalada. – Ele mói lentamente, mas Seu pó é da maior finura.

John Ferrier inclinou-se com frieza. Adivinhara quem eram seus visitantes.

– Viemos – continuou Stangerson – a conselho de nossos pais, para pedir a mão da sua filha para qualquer um de nós que pareça bom para o senhor e para ela. Como tenho só quatro esposas, e o Irmão Drebber aqui tem sete, parece-me que minha pretensão é a mais forte.

– Não, não, Irmão Stangerson – exclamou o outro. – A questão não é quantas esposas temos, mas quantas podemos manter. Agora, meu pai me deu seus moinhos e sou o mais rico.

– Mas minhas perspectivas são melhores – disse o outro, calorosamente. – Quando o Senhor levar meu pai, terei seu curtume e sua fábrica de couro. Além disso, sou mais velho que você, e minha posição na Igreja é mais importante.

– Caberá à donzela decidir – retrucou o jovem Drebber, sorrindo para o próprio reflexo no vidro. – Deixaremos que ela decida.

Durante esse diálogo, John Ferrier ficara bufando junto à porta, mal conseguindo manter seu chicote longe das costas dos dois visitantes.

– Vejam só – disse, por fim, andando até eles. – Quando minha filha os chamar, vocês poderão vir, mas até lá não quero ver seus rostos de novo.

Os dois jovens mórmons olharam para ele surpresos. A seus olhos, essa competição entre eles pela mão da donzela era a maior das honras, tanto para ela, quanto para seu pai.

– Esta sala tem duas saídas, a porta e a janela – exclamou Ferrier. – Qual das duas pretendem usar?

Seu rosto moreno parecia tão feroz, e suas mãos esqueléticas tão ameaçadoras, que seus visitantes puseram-se de pé num pulo e bateram em retirada na maior pressa. O velho fazendeiro acompanhou-os até a porta.

– Avisem-me quando decidirem qual de vocês deverá ser – disse, sardonicamente.

– Você sofrerá por isso! – exclamou Stangerson, branco de raiva. – Desafiou o Profeta e o Conselho dos Quatro. Vai se arrepender até o fim dos seus dias.

– A mão do Senhor pesará sobre você – exclamou o jovem Drebber. – Ele se erguerá e o castigará!

– Então, darei início ao castigo – exclamou Ferrier, furioso, e teria corrido ao andar de cima para buscar sua arma se Lucy não o tivesse agarrado pelo braço, contendo-o. Antes que ele conseguisse se soltar, o estalo dos cascos dos cavalos disse-lhe que os dois estavam fora de alcance.

– Os jovens canalhas tagarelas! – vociferou, enxugando o suor da testa. – Antes vê-la em sua tumba, minha menina, do que esposa de qualquer um deles.

– Eu também penso assim, pai – ela respondeu com ânimo. – Mas logo Jefferson estará aqui.

– Sim, ele não demorará a chegar. Quanto antes, melhor, porque não sabemos qual será o próximo passo deles.

Já passara da hora, de fato, de alguém capaz de dar conselho e ajuda vir em auxílio do velho e robusto fazendeiro e de sua filha adotada. Em toda a história do assentamento, nunca houvera um caso assim, de patente desobediência à autoridade dos Anciãos. Se erros menos graves eram punidos com muita dureza, qual seria a sina daquele ultrarrebelde? Ferrier sabia que sua riqueza e posição não lhe serviriam de nada. Outros, igualmente conhecidos e tão ricos quanto ele, já tinham sumido e seus bens, sido entregues à Igreja. Ferrier era corajoso, mas tremia perante os terrores vagos e sombrios que pairavam sobre ele. Poderia enfrentar qualquer perigo sem piscar, mas aquele suspense era enervante. Contudo, escondeu seus medos da filha e fingiu não dar importância ao assunto, embora ela, com o olhar perspicaz do amor, visse claramente sua inquietação.

Ele esperava receber alguma mensagem ou advertência de Young em relação a sua conduta, e não se enganou, embora ela viesse de maneira inesperada. Para sua surpresa, na manhã seguinte, ao se levantar, encontrou um quadradinho de papel pregado na colcha da sua cama, sobre seu peito. Nele, estava escrito em letras vigorosas e dispersas:

*"Você tem 29 dias para se corrigir, e depois..."*

As reticências provocavam mais medo do que qualquer ameaça poderia ter feito. John Ferrier ficou extremamente intrigado com a maneira pela qual esse aviso chegara a seu quarto, pois seus empregados dormiam em um anexo externo, e todas as portas e janelas tinham sido trancadas. Amassou o papel e não disse nada à filha, mas o incidente gelou seu coração. Os 29 dias eram, evidentemente, o saldo do mês prometido por Young. Que força ou coragem poderia ajudar contra um inimigo armado de poderes tão misteriosos? A mão que prendera aquele alfinete poderia atingi-lo no coração, e ele jamais saberia quem o havia assassinado.

Ficou ainda mais abalado na manhã seguinte. Tinham se sentado para o café da manhã quando Lucy, com um grito de surpresa, apontou para o alto. No centro do teto estava rabiscado 28, aparentemente com um graveto queimado. Para sua filha, aquilo era incompreensível, e ele não esclareceu. Naquela noite, sentou-se com sua arma e ficou de vigia. Não viu nem ouviu nada e, no entanto, de manhã, um grande 27 estava pintado no lado de fora de sua porta.

Assim foi, um dia depois do outro; e tão certo quanto a chegada da manhã, Ferrier descobriu que seus inimigos invisíveis tinham mantido o registro dos dias e marcado, em algum lugar bem evidente, quantos ainda lhe restavam do mês da graça concedida. Às vezes os números fatais apareciam nas paredes, às vezes, no chão e, ocasionalmente, em pequenos cartazes presos nos portões do jardim ou nas grades. Com toda a sua vigilância, John Ferrier não conseguia descobrir de onde vinham aqueles avisos diários. Ao vê-los, era tomado por um horror quase supersticioso. Ficou abatido e agitado, e tinha o olhar atormentado de um animal perseguido. Agora, só tinha uma esperança na vida: a chegada do jovem caçador de Nevada.

Vinte mudaram para quinze, e quinze para dez, mas não havia notícias do ausente. Um a um, os números decresciam, e ainda nem sinal dele. Sempre que ouvia um cavaleiro na estrada, ou que um cocheiro gritava com sua parelha, o velho fazendeiro corria até a porteira, pensando que, finalmente, a ajuda chegara. Por fim, quando viu os cinco darem lugar a quatro, e este a três, desanimou e abandonou qualquer esperança de fuga.

Sem ajuda e com seu limitado conhecimento das montanhas que cercavam o assentamento, Ferrier sabia que estava impotente. As estradas mais frequentadas eram rigorosamente vigiadas e protegidas, e ninguém podia passar por lá sem uma ordem do Conselho. Para qualquer lado que se virasse, parecia não haver como evitar a desgraça que pendia sobre ele. No entanto, o velho nunca fraquejou em sua decisão de acabar com a própria vida antes de consentir no que considerava a desonra de sua filha.

Certa noite, estava sentado sozinho, refletindo intensamente sobre seus problemas e procurando, em vão, uma maneira de escapar deles. Aquela manhã mostrara o número dois na parede de sua casa, e o dia seguinte seria o último do prazo concedido. O que aconteceria então? Todos os tipos de fantasias vagas e terríveis encheram sua imaginação. E sua filha, o que seria dela depois que ele se fosse? Não haveria escapatória da rede invisível jogada sobre eles? Afundou a cabeça na mesa e chorou, pensando em sua impotência.

No silêncio, ouviu um arranhado de leve, baixinho, mas bastante perceptível na calada da noite. Vinha da porta da casa. O que seria aquilo? Ferrier foi furtivamente até o vestíbulo e escutou com atenção. Por alguns momentos, houve uma pausa, depois o som baixo e insidioso se repetiu. Alguém, evidentemente, estava batendo com muita delicadeza em uma das almofadas da porta. Seria algum assassino da meia-noite, vindo para executar as ordens mortíferas do tribunal secreto? Ou algum agente assinalando que o último dia da graça havia chegado? John Ferrier sentiu que uma morte instantânea seria melhor que o suspense que chacoalhava seus nervos e gelava seu coração. Avançando em um pulo, puxou a tranca e abriu a porta.

Lá fora estava tudo calmo e silencioso. A noite era agradável e as estrelas cintilavam no alto. O pequeno jardim da frente estendia-se diante dos olhos do fazendeiro, delimitado pela cerca e pelo portão, mas nem ali, nem na estrada havia vivalma. Com um suspiro de alívio, Ferrier olhou para a direita e para a esquerda, até que, para sua surpresa, tendo olhado diretamente para os próprios pés, viu um homem estendido de bruços no chão, braços e pernas estendidos.

Ficou tão nervoso com a visão que se apoiou na parede, com a mão na garganta para refrear a tendência a gritar. Seu primeiro pensamento foi que a figura prostrada era a de algum homem ferido ou moribundo, mas ao olhá-la novamente viu que se contorcia pelo chão e entrava no vestíbulo com a rapidez e o silêncio de uma serpente. Uma vez dentro de casa, o homem pôs-se de pé, fechou a porta, e revelou ao atônito fazendeiro o rosto destemido e a expressão decidida de Jefferson Hope.

– Deus do céu! – disse John Ferrier, arfando. – Que susto você me deu! O que o fez chegar desse jeito?

– Me dê de comer – o outro disse, com a voz rouca. – Não tive tempo para comer ou beber nessas 48 horas.

– E se atirou sobre a carne fria e o pão que ainda estavam sobre a mesa do jantar, devorando-os em segundos. – A Lucy está aguentando bem? – perguntou, depois de ter satisfeito a fome.

– Está. Ela não está a par do perigo – respondeu o pai.

– Isso é bom. A casa está vigiada por todos os lados. Foi por isso que rastejei até aqui. Eles podem ser uns malditos de uns espertos, mas não são espertos a ponto de pegar um caçador de Washoe.

Agora, John Ferrier sentia-se um homem diferente, percebendo que tinha um aliado dedicado. Pegou a mão curtida do rapaz e apertou-a com cordialidade.

– Você é um homem do qual se tem orgulho. Não são muitos os que viriam compartilhar nosso perigo e nossos problemas – disse.

– Nisso você acertou, parceiro – respondeu o jovem caçador. – Respeito você, mas pensaria duas vezes antes de enfiar a cabeça nesse vespeiro se estivesse sozinho nisso. Quem me traz aqui é Lucy, e antes que algum mal lhe aconteça, acho que haverá um a menos na família Hope, de Utah.

– O que vamos fazer?

– Amanhã é seu último dia, e a não ser que aja esta noite, está perdido. Tenho uma mula e dois cavalos esperando no Desfiladeiro da Águia. Quanto dinheiro você tem?

– Dois mil dólares em ouro e cinco em notas.

– Isso basta. Tenho mais um tanto para juntar a isso. Precisamos seguir para Carson City pelas montanhas. É melhor você acordar Lucy. Ainda bem que os empregados não dormem na casa.

Enquanto Ferrier ficou ausente, preparando a filha para a viagem que se aproximava, Jefferson Hope embalou num pequeno pacote todos os comestíveis que pôde encontrar e encheu de água uma jarra de faiança, porque sabia, por experiência, que os poços nas montanhas eram poucos e distantes entre si. Mal tinha terminado seus preparativos quando o fazendeiro voltou com a filha toda arrumada e pronta para partir. Os namorados cumprimentaram-se de maneira calorosa, mas breve, porque os minutos eram preciosos e havia muito a ser feito.

– Precisamos partir agora – disse Jefferson Hope, num tom baixo, mas decidido, como alguém que se dá conta da enormidade do perigo, mas endureceu seu coração para enfrentá-lo. – As entradas da frente e dos fundos estão vigiadas, mas com cuidado podemos sair pela janela lateral e pelas plantações. Depois que chegarmos à estrada, estaremos a apenas três quilômetros do desfiladeiro, onde os cavalos estão esperando. Ao amanhecer, deveremos estar a meio caminho pelas montanhas.

– E se formos parados? – perguntou Ferrier.

Hope deu um tapa na coronha do revólver, que sobressaía na frente da sua túnica.

– Se forem muitos para nós, levaremos dois ou três deles conosco – disse, com um sorriso sinistro.

Todas as luzes da casa tinham sido apagadas, e da janela escurecida Ferrier espiou os campos que haviam sido seus e que estava prestes a abandonar para sempre. No entanto, havia muito se fortalecera para o sacrifício, e a ideia de honra e felicidade da filha superava qualquer desgosto pela perda de sua fortuna. Tudo parecia tão tranquilo e feliz, as árvores farfalhantes e a ampla extensão silenciosa das plantações de trigo, que era difícil perceber que por todo lado espreitava o fantasma do assassinato. No entanto, o rosto lívido e a expressão determinada do jovem caçador mostravam que, ao se aproximar da casa, vira o bastante para satisfazê-lo quanto a esse assunto.

Ferrier carregou a sacola de ouro e de notas; Jefferson Hope transportava as provisões insuficientes e a água, enquanto Lucy levava uma trouxinha contendo alguns de seus bens mais valiosos. Abrindo a janela muito lentamente e com cuidado, eles esperaram até uma nuvem densa obscurecer um pouco a noite, e então, um a um, passaram por ela e entraram no jardinzinho. Com a respiração suspensa e agachados, seguiram aos tropeços e ganharam o abrigo da sebe, que contornaram até chegar à brecha que se abria para o milharal. Tinham acabado de atingir esse ponto quando o rapaz agarrou seus dois companheiros e arrastou-os para a sombra, onde ficaram em silêncio, trêmulos.

Também foi bom que sua experiência em pradarias dera a Jefferson Hope os ouvidos de um lince. Ele e seus amigos mal tinham se agachado quando, a poucos metros, ouviu-se o piar melancólico de uma coruja da montanha, imediatamente respondido por outro pio a curta distância. No mesmo instante, uma vaga figura obscura surgiu da abertura para onde eles se dirigiam e tornou a soltar o choroso grito de sinal, ao que um segundo homem surgiu da escuridão.

– Amanhã à meia-noite – disse o primeiro, que parecia estar no comando. – Quando o noitibó-cantor chamar três vezes.

– Tudo bem – respondeu o outro. – Devo contar ao Irmão Drebber?

– Diga a ele, e dele aos outros. Nove para sete!

– Sete para cinco! – repetiu o outro, e as duas figuras afastaram-se em diferentes direções.

Evidentemente, as palavras finais tinham sido algum tipo de senha e contrassenha. Assim que seus passos sumiram à distância, Jefferson Hope ficou em pé de um pulo e, ajudando seus companheiros a passar pela abertura, liderou o caminho pelas plantações na maior velocidade, meio carregando a moça quando ela parecia ter perdido as forças.

– Rápido! Rápido! – ele dizia, ofegante, de tempos em tempos. – Passamos pela fileira de sentinelas. Tudo depende da rapidez. Rápido!

Na estrada, seu progresso foi rápido. Apenas uma vez deram com uma pessoa e conseguiram escorregar para uma plantação sem ser reconhecidos. Antes de chegarem à cidade, o caçador os guiou para uma trilha acidentada e estreita que levava às montanhas. Dois picos irregulares e escuros avultavam-se acima deles na escuridão, e o desfiladeiro entre eles era o Cañon da Águia, onde os cavalos estavam à espera. Com um instinto infalível, Jefferson Hope escolhia o caminho entre os grandes rochedos e ao longo do leito de um curso d'água seco, até chegar ao canto retirado, protegido por rochas, onde os fiéis animais haviam sido presos. A moça foi colocada sobre a mula, e o velho Ferrier, com sua bolsa de dinheiro, sobre um dos cavalos, enquanto Jefferson Hope conduzia o outro pelo caminho íngreme e perigoso.

Era um caminho desnorteante para qualquer um que não estivesse acostumado a encarar a natureza em seus humores mais selvagens. De um lado, um grande despenhadeiro elevava-se a trezentos metros ou mais, escuro, austero e ameaçador, com longas colunas basálticas sobre sua superfície irregular, como as costelas de um monstro petrificado. Do outro lado, um caos alucinado de pedregulhos e destroços impossibilitava qualquer avanço. Entre os dois, corria a trilha irregular, tão estreita em alguns lugares que eles precisavam viajar em fila, e tão acidentada que apenas cavaleiros experientes conseguiriam percorrê-la. No entanto, apesar de todos os perigos e dificuldades, o coração dos fugitivos estava leve, porque cada passo aumentava a distância entre eles e o terrível despotismo do qual fugiam.

No entanto, logo encontraram uma prova de que ainda estavam dentro da jurisdição dos Santos. Tinham chegado ao trecho mais selvagem e desolado da passagem quando Lucy soltou um grito de susto e apontou para o alto. Em uma rocha que encimava a trilha, escura e evidente contra o céu, avistaram uma solitária sentinela. Ele os viu assim que foi percebido, e sua intimidação militar "Quem vem lá?" ressoou pelo desfiladeiro silencioso.

– Viajantes para Nevada – disse Jefferson Hope, com a mão no rifle pendurado ao lado da sela.

Eles podiam ver o vigia solitário dedilhando sua arma e espiando-os como que insatisfeito com a resposta.

– Com a permissão de quem? – perguntou.

– Dos Santos Quatro – respondeu Ferrier. Suas experiências mórmons haviam ensinado que aquela era a mais alta autoridade a que pudesse se referir.

– Nove de sete – exclamou a sentinela.

– Sete de cinco – devolveu Jefferson Hope prontamente, lembrando-se da contrassenha ouvida no jardim.

– Passem, e o Senhor os acompanhe – disse a voz do alto. Depois de seu posto a trilha se alargava, e os cavalos puderam passar ao trote.

Olhando para trás, os três fugitivos viram a sentinela solitária apoiada sobre sua arma e souberam que haviam passado pelo posto remoto do povo escolhido e que a liberdade estava à sua frente.

*Capítulo 5*

# OS ANJOS VINGADORES

A noite toda, o percurso estendeu-se por desfiladeiros intrincados e sobre caminhos irregulares e pedregosos. Perderam o rumo mais de uma vez, mas a intimidade de Hope com as montanhas possibilitou que sempre recuperassem a trilha. Ao amanhecer, uma cena de extrema beleza, embora selvagem, estendia-se perante eles. Estavam cercados de todos os lados por grandes picos cobertos de neve, espreitando por sobre os ombros uns dos outros o longínquo horizonte. As encostas rochosas eram tão íngremes de ambos os lados, que o lariço e o pinheiro pareciam suspensos sobre suas cabeças, precisando apenas de uma rajada de vento para se arremessarem sobre eles. O medo também não era totalmente uma ilusão, porque o vale inóspito estava cheio de árvores e pedras espalhadas que haviam caído de modo semelhante. No momento mesmo em que eles passavam, uma grande pedra desceu trovejando com um estertor rouco, que despertou os ecos nas gargantas silenciosas e assustou os cavalos exaustos, fazendo-os galopar.

À medida que o sol surgia lentamente no horizonte, os picos das grandes montanhas foram se acendendo, um após o outro, como lamparinas em um festival, até estarem todos avermelhados e reluzentes. O espetáculo magnífico alegrou o coração dos três fugitivos e lhes renovou as energias. Junto a um curso d'água desenfreado que jorrava de um desfiladeiro, eles fizeram uma parada e deram água aos cavalos, enquanto dividiam um rápido café da manhã. Lucy e o pai, de bom grado, descansariam por mais tempo, mas Jefferson Hope foi inexorável:

– A esta altura, eles estarão no nosso encalço – disse. – Tudo depende da nossa velocidade. Uma vez a salvo em Carson, poderemos descansar pelo resto da vida.

Durante todo aquele dia, eles deram duro pelos desfiladeiros e, ao entardecer, calcularam estar a quase cinquenta quilômetros de seus inimigos. À noite, escolheram a base de um penhasco saliente, onde as rochas protegiam um pouco do vento gelado, e lá, amontoados para se esquentar, desfrutaram algumas horas de sono. No entanto, antes do nascer do dia, estavam de pé e, mais uma vez, a caminho. Não tinham visto sinal de seus perseguidores, e Jefferson Hope começou a pensar que estavam razoavelmente fora do alcance da terrível organização em cuja inimizade haviam incorrido. Mal sabia ele qual era o alcance daquela mão de ferro, ou o quanto ela estaria perto de se fechar sobre eles e esmagá-los.

Mais ou menos na metade do segundo dia de fuga, suas escassas provisões começaram a rarear. No entanto, isso não inquietou o caçador, porque havia caça à disposição nas montanhas, e muitas vezes ele já tivera que depender de seu rifle para conseguir alimento. Escolhendo um recanto protegido, juntou alguns galhos secos e fez uma fogueira para que seus companheiros pudessem se aquecer, porque agora estavam 1.500 metros acima do nível do mar, e o ar era implacável e cortante. Tendo amarrado os cavalos e se despedido de Lucy, jogou a arma no ombro e partiu em busca de qualquer coisa que o acaso pudesse colocar em seu caminho. Olhando para trás, viu o velho e a moça agachados junto às labaredas, enquanto os três animais mantinham-se imóveis ao fundo. Então, as rochas intermediárias esconderam-nos de sua vista.

Hope caminhou por cerca de três quilômetros, passando por um desfiladeiro atrás do outro, sem sucesso, embora, pelas marcas na cortiça das árvores e por outras indicações, acreditasse haver numerosos ursos pelas redondezas. Por fim, após duas ou três horas de busca infrutífera, estava desesperando-se, pensando em voltar, quando, olhando por acaso para o alto, avistou algo que provocou um arrepio de prazer em seu coração. Na beirada de um pináculo saliente, cem ou cento e vinte metros acima dele, estava uma criatura que lembrava um carneiro, mas provida de um par de chifres gigantescos. O carneiro silvestre, conhecido como chifre-grande, agia, provavelmente, como guardião de um rebanho invisível para o caçador, mas felizmente ia em outra direção e não o percebeu. Deitado de bruços, Hope apoiou o rifle sobre uma rocha e mirou, demoradamente e com firmeza, antes de puxar o gatilho. O animal saltou no ar, cambaleou por um instante na beirada do precipício e depois despencou no vale abaixo.

A criatura era pesada demais para ser carregada, então o caçador contentou-se em cortar uma coxa e parte do flanco. Com esse troféu sobre o ombro, apressou-se em refazer seus passos, porque a noite já se anunciava. No entanto, mal tinha começado a caminhar quando percebeu a dificuldade com a qual se deparava. Em sua ansiedade, tinha vagado para muito além dos penhascos que lhe eram conhecidos, e não era fácil descobrir a trilha que tomara. O vale em que se encontrava era dividido e subdividido em muitas gargantas, tão parecidas entre si que era impossível distinguir uma da outra. Hope seguiu por uma por um quilômetro e meio ou mais, até chegar a uma queda d'água que tinha certeza de não ter visto antes. Convencido de ter virado no lugar errado, tentou outra, mas o resultado foi o mesmo. A noite descia rapidamente, e estava quase escuro quando ele finalmente se viu em um desfiladeiro familiar. Ainda assim, não foi tarefa fácil se manter na trilha certa, porque a lua ainda não nascera, e os altos penhascos dos dois lados acentuavam a escuridão. Sobrecarregado com seu fardo e exausto pelo esforço, foi aos tropeços, mantendo o ânimo com o pensamento de que cada passo o aproximava de Lucy e de que levava comida suficiente para o resto da viagem.

Agora tinha chegado à boca do desfiladeiro em que os havia deixado. Mesmo no escuro, podia reconhecer o esboço dos penhascos que o limitavam. Pensou que estariam à sua espera, ansiosos, porque fazia quase cinco horas que tinha se ausentado. Na alegria do seu coração, pôs as mãos na boca e provocou o desdobrar do eco do vale profundo com um grande "olá!", como um sinal de que estava chegando.

Parou e esperou por uma resposta. Nada veio, a não ser seu próprio grito, que retiniu sobre os desfiladeiros sombriamente silenciosos e foi trazido de volta para seus ouvidos em repetições incontáveis. Gritou novamente, ainda mais forte do que antes, e novamente não ouviu nenhum suspiro dos amigos que deixara pouco tempo atrás. Um medo vago, inominável baixou sobre ele, que correu freneticamente, largando o alimento precioso em sua agitação.

Ao dobrar a curva, deu com a visão escancarada do local onde o fogo fora aceso. Ainda havia uma pilha reluzente de cinzas de madeira, mas estava evidente que não tinha sido alimentada desde sua partida. O mesmo silêncio mortal reinava por toda a volta. Com todos os seus medos transformados em convicções, ele se apressou. Não havia criatura viva próxima ao que restava do fogo: animais, homem, donzela, todos haviam desaparecido. Estava claro demais que algum desastre súbito e terrível ocorrera na sua ausência – um desastre que envolvera a todos e, contudo, não deixara traços de sua passagem.

Desnorteado e chocado com esse golpe, Jefferson Hope sentiu a cabeça rodar e teve que se apoiar no rifle para não cair. Mas era essencialmente um homem de ação e rapidamente se recuperou de sua impotência temporária. Pegando, nas cinzas fumegantes, um pedaço de madeira meio consumido, soprou-o até virar uma chama e com sua ajuda começou a examinar o pequeno acampamento. O chão estava todo pisoteado pelas patas de cavalos, mostrando que um grande grupo de homens montados havia surpreendido os fugitivos, e a direção dos seus rastros indicava que, em seguida, eles tinham voltado para Salt Lake City. Teriam levado com eles seus dois companheiros? Jefferson Hope estava quase convencido de que haviam feito isso quando seu olhar caiu sobre algo que fez cada nervo de seu corpo se arrepiar. Um pouco à frente, de um lado do acampamento, havia um pequeno monte de terra avermelhada que com certeza não estava ali antes. Não havia como confundi-lo com nada que não fosse uma cova recém-cavada. Conforme aproximou-se dela, o jovem caçador percebeu que ali fora enfiado um graveto, com uma folha de papel presa na reentrância da forquilha. A inscrição era breve, mas ia direto ao assunto:

*JOHN FERRIER,*
*OUTRORA DE SALT LAKE CITY*
*Morto em 4 de agosto de 1860*

O velho robusto, que ele deixara tão pouco tempo antes, se fora, então, e aquele era todo o seu epitáfio. Jefferson Hope olhou alucinado em volta para ver se havia uma segunda cova, mas não viu sinal dela. Lucy fora levada de volta por seus terríveis perseguidores para cumprir seu destino original, tornando-se mais uma no harém do filho do Ancião. Conforme percebia a certeza do destino dela e sua própria impotência para impedi-lo, o rapaz desejou também estar deitado com o velho fazendeiro em seu último e silencioso local de descanso.

No entanto, mais uma vez, seu espírito ativo chacoalhou-o da letargia que brota do desespero. Se nada mais lhe restava, no mínimo ele poderia devotar sua vida à vingança. Com invencível paciência e perseverança, Jefferson Hope também possuía um poder de vingança duradouro, que deve ter aprendido com os indígenas entre os quais havia vivido. Parado ao lado do desolado fogo, sentiu que a única coisa que poderia amenizar seu luto seria uma desforra direta e completa contra seus inimigos, realizada por seu próprio punho. Determinou que sua força de vontade e energia incansável deveriam se voltar para aquele determinado fim. Com um sorriso, o rosto lívido, refez os passos até onde havia jogado a comida e, tendo atiçado o fogo, cozinhou o bastante para durar alguns dias, arrumou em uma trouxa e, cansado como estava, pôs-se a caminhar de volta pelas montanhas, no rastro dos Anjos Vingadores.

Durante cinco dias, moveu-se penosamente pelos desfiladeiros que já atravessara em cima de um cavalo, com os pés doloridos e exausto. À noite, atirava-se entre as rochas e roubava algumas horas de sono, mas antes do amanhecer já estava a caminho. No sexto dia, chegou ao Cañon da Águia, de onde tinham começado a fuga mal sucedida. Dali do alto, podia ver a casa dos Santos. Abatido e exausto, apoiou-se no rifle e sacudiu ferozmente a mão esquelética para a cidade silenciosa que se espalhava abaixo dele. Observou que havia bandeiras e outros sinais de festividade em algumas das ruas principais. Ainda estava especulando sobre o que aquilo poderia significar quando ouviu cascos de cavalo e viu um homem montado cavalgando em sua direção. Quando ele se aproximou, Hope reconheceu-o como um mórmon chamado Cowper, para quem prestara serviço algumas vezes. Abordou-o quando ele chegou mais perto, pretendendo descobrir qual fora a sina de Lucy Ferrier.

– Sou Jefferson Hope – disse. – Você se lembra de mim.

O mórmon olhou-o com indisfarçável surpresa; na verdade, era difícil reconhecer naquele andarilho andrajoso, maltratado, com o rosto fantasmagórico e furioso, de olhos alucinados, o jovem caçador elegante de dias passados. Por fim, tendo se convencido de sua identidade, a surpresa do homem mudou para consternação.

– Você é maluco de vir aqui – exclamou. – Minha própria vida corre o mesmo risco se eu for visto conversando com você. Existe um mandado contra você, dos Santos Quatro, por ajudar os Ferrier a fugirem.

– Não tenho medo deles, nem de seu mandado – Hope disse com fervor. – Você deve saber algo a respeito, Cowper. Suplico, por tudo o que lhe é precioso, que me responda a algumas perguntas. Sempre fomos amigos. Pelo amor de Deus, não se recuse a responder.

– O que é? – o mórmon perguntou, inquieto. – Seja rápido. As próprias pedras têm ouvidos e as árvores, olhos.

– O que aconteceu com Lucy Ferrier?

– Ela se casou ontem com o jovem Drebber. Aguente firme, homem, aguente firme, você parece estar morrendo.

– Não se preocupe comigo – disse Hope, debilmente. Até seus lábios estavam brancos, e ele despencou na pedra em que se apoiava. – Você disse que ela se casou?

– Casou-se ontem. É por isso que tem essas bandeiras na Casa das Investiduras. Houve alguma discussão entre o jovem Drebber e o jovem Stangerson sobre qual dos dois ficaria com ela. Ambos haviam participado do grupo que foi atrás de vocês, e Stangerson matou o pai dela, o que parecia lhe dar mais direito; mas quando eles debateram isso no conselho, o litigante de Drebber foi o mais forte, então o Profeta entregou-a a ele. Ela mais parece um fantasma do que uma mulher. Você vai embora, então?

– Vou – disse Jefferson Hope, que havia se levantado. Seu rosto poderia ter sido esculpido em mármore, de tanto que sua expressão estava dura e determinada, enquanto os olhos faiscavam com uma luz sinistra.

– Aonde você vai?

– Não importa – ele respondeu. E pendurando a arma no ombro, desceu pelo desfiladeiro e se dirigiu para bem longe, para o coração das montanhas, onde ficam os covis das feras selvagens. Entre todas elas, não havia ninguém tão violento e perigoso quanto ele próprio.

A predição do mórmon tinha sido muito bem cumprida. Seja pela morte terrível do pai, ou pelos efeitos do odioso casamento ao qual foi forçada, a pobre Lucy nunca mais ergueu a cabeça, mas definhou e morreu dentro de um mês. Seu estúpido marido, que havia se casado com ela principalmente por causa da propriedade de John Ferrier, não simulou nenhum grande pesar pela perda, mas as outras esposas a prantearam e se sentaram com ela na noite antes do enterro, como é o costume mórmon. Estavam reunidas em torno do esquife quando, nas primeiras horas da manhã, para seu inexprimível medo e espanto, a porta foi escancarada, e um homem de aparência selvagem, curtido pelo tempo, com trajes esfarrapados, entrou na sala pisando firme. Sem um olhar ou uma palavra para as mulheres encolhidas, caminhou até a pálida figura silenciosa que contivera a alma pura de Lucy Ferrier. Inclinando-se sobre ela, pressionou os lábios respeitosamente em sua testa fria e então, agarrando sua mão, tirou a aliança de seu dedo.

– Ela não vai ser enterrada com isto – gritou, com um rosnado furioso, e antes que o alarme pudesse ser acionado, desceu a escada aos pulos e se foi.

O acontecido foi tão estranho e tão rápido que quem assistiu poderia achar difícil acreditar naquilo ou convencer outras pessoas, não fosse pelo inegável fato do sumiço do aro de ouro que a marcava como tendo sido uma noiva.

Por alguns meses, Jefferson Hope demorou-se pelas montanhas, levando uma estranha vida selvagem e acalentando no coração o desejo feroz de vingança que o possuía. Na cidade, contavam-se histórias sobre a estranha figura que perambulava pelos subúrbios e que assombrava os solitários desfiladeiros das redondezas. Certa vez, uma bala assobiou pela janela de Stangerson e se achatou na parede a poucos centímetros dele. Em outra ocasião, quando Drebber passava sob um penhasco, uma grande rocha desabou sobre ele, que só escapou de uma morte terrível por se jogar de bruços. Não demorou muito para que os dois mórmons descobrissem o motivo desses atentados contra suas vidas, e conduziram repetidas expedições pelas montanhas, na esperança de capturar ou matar seu inimigo, mas sempre sem sucesso. Então, adotaram a precaução de nunca sair sozinhos ou depois do cair da noite, e de ter suas casas vigiadas. Após um tempo, conseguiram relaxar essas medidas, porque nada mais se ouviu ou viu do seu inimigo, e esperavam que o tempo tivesse esfriado sua sede de vingança.

Longe disso: ela havia, pelo contrário, aumentado. A mente do caçador era de uma natureza dura e inflexível, e a ideia predominante de vingança tinha assumido um domínio tão completo sobre ela que não havia espaço para outra emoção. No entanto, ele era, acima de tudo, prático. Logo percebeu que nem mesmo sua constituição férrea poderia suportar a pressão incessante que lhe estava impondo. A exposição às intempéries e a falta de comida saudável estavam acabando com ele. Se morresse feito um cão em meio às montanhas, o que seria feito de sua vingança? E, no entanto, essa morte sem dúvida o atingiria se ele persistisse. Sentiu que continuar seria jogar o jogo do inimigo; então, voltou para as velhas minas de Nevada, com relutância, para recuperar a saúde e juntar dinheiro suficiente que lhe permitisse perseguir seu objetivo sem privações.

Sua intenção era se ausentar no máximo por um ano, mas uma combinação de circunstâncias imprevistas impediu-o de deixar as minas por quase cinco. Ao final desse tempo, no entanto, a memória de seus males e seu anseio por vingança estavam quase tão aguçados como quando encontrara a cova de John Ferrier. Disfarçado e sob um nome adotado, voltou a Salt Lake City, sem se importar com o que aconteceria com a própria vida, desde que conseguisse o que sabia ser justiça. Ali, aguardavam-no péssimas informações. Alguns meses antes, tinha havido um cisma entre o Povo Escolhido: alguns membros mais jovens da Igreja se rebelaram contra a autoridade dos Anciãos, e o resultado fora a separação de certo número de descontentes, que haviam deixado Utah e se tornado gentios. Entre eles, estavam Drebber e Stangerson, e ninguém sabia para onde tinham ido. Rumores diziam que Drebber conseguira converter grande parte de sua propriedade em dinheiro e que partira como um homem rico, enquanto seu companheiro, Stangerson, era comparativamente pobre. No entanto, não havia pista do paradeiro dos dois.

Diante de tal dificuldade, muitos homens, por mais vingativos que fossem, teriam abandonado qualquer ideia de vingança, mas Jefferson Hope nunca vacilou, nem por um momento. Com os poucos recursos que possuía, obtidos com o trabalho que conseguia arrumar, viajou de cidade em cidade pelos Estados Unidos em busca de seus inimigos. Os anos se sucederam, seu cabelo preto ficou grisalho, mas ainda assim ele vagava, sabujo humano com a mente totalmente focada no único objetivo a que devotara sua vida. Por fim, sua perseverança foi recompensada. Não passou do vislumbre de um rosto em uma janela, mas aquele vislumbre lhe disse que Cleveland, em Ohio, era o refúgio dos homens que perseguia. Voltou para suas miseráveis acomodações com seu plano de vingança bem definido. Acontece, porém, que Drebber, olhando pela janela, reconheceu o vagabundo na rua e leu o assassinato em seus olhos. Correu até um juiz de paz, acompanhado por Stangerson, que se tornara seu secretário particular, e expôs o perigo de vida que ambos corriam, por causa do ciúme e do ódio do antigo rival. Naquela noite, Jefferson Hope foi levado sob custódia e, não encontrando quem pagasse sua fiança, ficou detido por algumas semanas. Quando, por fim, foi solto, descobriu que a casa de Drebber estava vazia e que ele e seu secretário haviam partido para a Europa.

Mais uma vez o vingador fora frustrado, e mais uma vez seu ódio concentrado instou-o a continuar a perseguição. No entanto, faltavam recursos, e por algum tempo ele precisou voltar a trabalhar, economizando cada dólar para sua viagem. Por fim, tendo reunido o suficiente para sobreviver, partiu para a Europa e rastreou seus inimigos de cidade em cidade, trabalhando em qualquer serviço braçal, mas nunca surpreendendo os fugitivos. Ao chegar a São Petersburgo, eles haviam partido para Paris; quando os seguiu até lá, soube que tinham acabado de partir para Copenhagen. Chegou com alguns dias de atraso à capital dinamarquesa, pois eles tinham ido para Londres, onde, por fim, conseguiu alcançá-los. Quanto ao que ocorreu ali, não podemos fazer melhor do que citar o relato do velho caçador, devidamente registrado no diário do Dr. Watson, ao qual já devemos certos favores.

*Capítulo 6*

## UMA CONTINUAÇÃO DAS REMINISCÊNCIAS DE JOHN WATSON, MÉDICO

Aparentemente, a resistência furiosa de nosso prisioneiro não indicava qualquer ferocidade contra nós, porque, ao se ver impotente, ele sorriu de modo afável e manifestou a esperança de não ter machucado nenhum de nós na briga.

– Acho que vocês vão me levar para a delegacia – observou para Sherlock Holmes. – Meu fiacre está à porta. Se soltarem minhas pernas, vou andando até ele. Não sou tão leve para ser carregado, como costumava ser.

Gregson e Lestrade se entreolharam, como se achassem a proposta muito atrevida; mas Holmes imediatamente acreditou na palavra do prisioneiro e soltou a toalha com a qual tínhamos amarrado seus tornozelos. Hope se levantou e esticou as pernas, como que para se assegurar de que estavam novamente livres. Lembro-me de ter pensado comigo mesmo, enquanto o observava, que raramente tinha visto um homem de estrutura mais forte; e seu rosto queimado de sol trazia uma expressão determinada e enérgica tão formidável quanto sua força pessoal.

– Se houver uma vaga para chefe de polícia, reconheço que você é o homem para ela – ele disse, olhando com indisfarçável admiração para meu colega de moradia. – A maneira como você seguiu meu rastro foi surpreendente.

– É melhor vocês virem comigo – Holmes disse aos dois detetives.

– Posso conduzir – disse Lestrade.

– Ótimo! E Gregson vai dentro comigo. Você também, doutor. Criou interesse no caso, pode se juntar a nós.

Concordei, satisfeito, e descemos todos juntos. Nosso prisioneiro não tentou escapar e entrou calmamente no fiacre que fora seu, seguido por nós. Lestrade montou na boleia, chicoteou o cavalo, e em pouco tempo levou-nos a nosso destino. Fomos introduzidos em um quartinho onde um inspetor de polícia anotou os nomes do nosso prisioneiro e os dos homens de cujos assassinatos ele fora acusado. Era um policial frio, pálido, que realizava seus deveres de maneira tediosa e mecânica.

– O prisioneiro será levado à frente dos magistrados no prazo de uma semana – disse. – Enquanto isso, Mr. Jefferson Hope, deseja dizer alguma coisa? Devo avisá-lo que suas palavras serão anotadas e podem ser usadas contra o senhor.

– Tenho muita coisa a dizer – nosso prisioneiro respondeu lentamente. – Quero contar aos cavalheiros tudo a respeito.

– Não é melhor reservar isso para o seu julgamento? – perguntou o inspetor.

– É possível que eu nunca seja julgado – ele respondeu. – Não precisam ficar espantados. Não estou pensando em suicídio. O senhor é médico? – voltou seus intensos olhos escuros para mim, ao fazer essa pergunta.

– Sou – respondi.

– Então ponha a mão aqui – ele disse com um sorriso, indicando o peito com seus punhos algemados.

Fiz o que ele dizia, e imediatamente tomei consciência de uma extraordinária palpitação e agitação que ocorriam lá dentro. As paredes do seu peito pareciam vibrar e tremer, como uma construção frágil faria, internamente, quando algum motor potente estivesse em funcionamento. No silêncio da sala, pude ouvir um zumbido monótono que tinha a mesma origem.

– Ora! – exclamei. – Você tem um aneurisma na aorta!

– É o nome que dão a isso – ele disse, tranquilamente. – Fui a um médico na semana passada, e ele disse que deve estourar em poucos dias. Há anos vem piorando. Adquiri isso pela superexposição às intempéries e pela má alimentação entre as montanhas de Salt Lake City. Agora, já cumpri minha missão e não me importo com o tempo que me resta, mas gostaria de deixar algum relato sobre o que aconteceu. Não quero ser lembrado como um assassino comum.

O inspetor e os dois detetives conversaram rapidamente sobre a conveniência de permitir que ele contasse sua história.

– O senhor considera, doutor, que exista um perigo imediato? – o primeiro perguntou.

– Com toda a certeza – respondi.

– Nesse caso, no interesse da justiça, é claramente nosso dever tomar seu depoimento – disse o inspetor.

– Sinta-se à vontade, senhor, para dar seu depoimento, que, volto a avisar, será anotado.

– Com sua licença, vou me sentar – disse o prisioneiro, passando da palavra ao ato. – Este meu aneurisma me deixa facilmente cansado, e a briga que tivemos meia hora atrás não serviu para melhorar as coisas. Estou à beira do túmulo, e não estou propenso a mentir para vocês. Tudo o que eu disser é a absoluta verdade, e como vocês vão usá-la não faz diferença para mim.

Com essas palavras, Jefferson Hope recostou-se na cadeira e começou a seguinte e excepcional narrativa. Falou de maneira calma e metódica, como se os acontecimentos narrados fossem suficientemente comuns. Posso atestar a precisão do relato abaixo porque tive acesso ao caderno de Lestrade, onde as palavras do prisioneiro estavam anotadas exatamente como foram ditas.

– O motivo de eu odiar esses homens não importa muito a vocês – ele disse. – Basta dizer que eram culpados da morte de dois seres humanos, um pai e uma filha, e assim perderam a própria vida. Depois do período de tempo decorrido após seu crime, me foi impossível garantir uma condenação contra eles em qualquer tribunal. Mas eu sabia da culpa que carregavam e resolvi que seria o juiz, júri e carrasco, tudo em uma só pessoa. Vocês teriam feito o mesmo, se possuem alguma hombridade, se estivessem no meu lugar.

"Aquela moça de quem falei deveria ter se casado comigo vinte anos atrás. Foi forçada a desposar aquele mesmo Drebber, e ficou de coração partido por causa disso. Tirei a aliança de casamento do seu dedo, depois de morta, e jurei que os olhos agonizantes dele deveriam pousar sobre aquela mesma aliança, e que seus últimos pensamentos deveriam ser sobre o crime pelo qual estava sendo punido. Carreguei-a comigo e os segui, a ele e a seu cúmplice, por dois continentes, até pegá-los. Eles achavam que me cansariam, mas não conseguiram. Se eu morrer amanhã, como é bem provável, morro sabendo que minha função neste mundo está feita, e bem feita. Eles morreram, e pela minha mão. Não tenho nada mais a esperar, ou a desejar.

"Eles eram ricos e eu era pobre; então, para mim, não foi fácil segui-los. Quando cheguei em Londres, meu bolso estava quase vazio, e descobri que deveria fazer algo novo para sobreviver. Para mim, dirigir cavalos e cavalgar é tão natural quanto andar, então me inscrevi no escritório de um proprietário de fiacres e logo fui empregado. Eu deveria trazer certa quantia semanal para o proprietário, e o que ultrapassasse poderia pegar para mim. Raramente ultrapassava grande coisa, mas de certo modo consegui sobreviver. O mais difícil foi me situar, porque reconheço que de todos os labirintos que já foram idealizados, o desta cidade é o mais confuso. Mas eu tinha um mapa comigo, e uma vez que localizei os principais hotéis e estações, me dei muito bem.

"Levei certo tempo para descobrir onde viviam meus dois cavalheiros, mas perguntei, perguntei, até, por fim, dar com eles. Estavam em uma pensão em Camberwell, do outro lado do rio. Depois que os descobri, sabia que os tinha à minha mercê. Deixei crescer a barba, e não havia chance de me reconhecerem. Eu os rastrearia e seguiria até perceber minha oportunidade. Estava determinado a não os deixar escapar novamente.

"Mesmo assim, eles chegaram muito perto de fazer isso. Onde quer que fossem por Londres, eu sempre estava em seus calcanhares. Às vezes, seguia-os no meu fiacre, e às vezes a pé, mas o primeiro era melhor, porque aí eles não conseguiam me escapar. Era apenas de manhã cedo, ou tarde da noite que eu podia ganhar alguma coisa, de modo que comecei a me atrasar com meu patrão. No entanto, não me importei, desde que conseguisse pôr a mão naqueles homens.

"Mas eles eram muito ardilosos. Devem ter pensado que havia alguma chance de estarem sendo seguidos, porque nunca saíam sozinhos, e nunca depois do cair da noite. Por duas semanas, dirigi atrás deles todos os dias, e nem uma vez os vi separados. Drebber estava bêbado metade do tempo, mas Stangerson estava sempre atento. Eu os observava tarde e cedo, mas nunca vi a sombra de uma chance; no entanto, não perdi a coragem, porque algo me dizia que a hora estava próxima. Meu único medo era de que esta coisa no meu peito pudesse estourar um pouco cedo demais e deixar minha missão por fazer.

"Por fim, uma noite, eu estava dirigindo para cima e para baixo por Torquay Terrace, como é chamada a rua da pensão deles, quando vi um cocheiro de fiacre à sua porta. Logo alguma bagagem foi trazida para fora, e depois de um tempo Drebber e Stangerson apareceram e partiram. Chicoteei meu cavalo e mantive-os à vista, muito pouco à vontade, porque temi que fossem mudar de acomodações. Na Estação Euston, eles saltaram; deixei um menino segurando meu cavalo e os segui até a plataforma. Ouvi-os perguntando sobre o trem para Liverpool, e a resposta do guarda de que tinha acabado de partir um, e não haveria outro por algumas horas. Stangerson pareceu chateado com isso, mas Drebber aparentou estar satisfeito. Cheguei tão perto deles, naquele alvoroço, que pude ouvir cada palavra que diziam. Drebber disse que precisava resolver certo negócio particular, e se o outro esperasse por ele, logo iria encontrá-lo. Seu companheiro protestou e lembrou-lhe que tinham decidido ficar juntos. Drebber respondeu que o assunto era delicado e que precisava ir sozinho. Não entendi o que Stangerson respondeu, mas o outro desatou a xingar, lembrando-lhe que ele não passava de um criado pago e que não deveria passar por sua cabeça lhe dar ordens. Com isso, o secretário achou que não valeria a pena continuar e simplesmente combinou com ele que, caso perdesse o último trem, iria encontrá-lo no Halliday's Private Hotel. Drebber respondeu que voltaria à plataforma antes das onze e saiu da estação.

"Finalmente, chegara o momento que eu tanto esperara. Tinha meus inimigos em meu poder. Juntos, eles se protegeriam, mas sozinhos, estavam à minha mercê. No entanto, não agi com desmedida precipitação. Meus planos já estavam feitos. Não existe satisfação na vingança, a não ser que o criminoso tenha tempo de perceber quem é que o atinge e por que chegou sua hora de receber o troco. Segundo meus planos, eu teria a oportunidade de fazer o responsável pela injustiça que eu sofrera entender que seu antigo pecado o descobrira. Aconteceu que, alguns dias antes, um cavalheiro ocupado em dar uma olhada em algumas casas em Brixton Road deixara cair a chave de uma delas no meu veículo. Na mesma noite, ela foi reclamada e devolvida, mas nesse meio tempo eu havia tirado um molde e mandado fazer uma duplicata. Por meio disso, eu tinha acesso a pelo menos um lugar nesta grande cidade onde poderia confiar que estaria livre de interrupções. O difícil era como levar Drebber àquela casa, e eu tinha que resolver isso.

"Ele caminhou pela rua e entrou em uma ou duas lojas de bebidas, ficando por quase meia hora na última. Ao sair, andava trôpego e estava claramente bastante alterado. Bem à minha frente, havia um cabriolé, e ele o pegou. Segui-o tão de perto que o focinho do meu cavalo ficou o tempo todo a um metro do seu cocheiro. Chacoalhamos pela Ponte Waterloo e por quilômetros de ruas até que, para meu espanto, nos vimos de volta na Terrace, onde ele havia embarcado. Não consegui imaginar qual seria a sua intenção ao voltar para lá, mas fui em frente e parei meu fiacre a alguns metros da casa. Ele entrou nela, e seu cabriolé foi embora.

"Por favor, me deem um copo d'água – disse Hope. Minha boca fica seca de tanto falar."

Dei-lhe o copo d'água, e ele o engoliu de uma vez só.

– Agora está melhor – disse. – Bom, esperei uns quinze minutos, ou mais, quando, de repente, houve um barulho de pessoas lutando dentro da casa. No momento seguinte, a porta foi escancarada e dois homens apareceram, um dos quais era Drebber, e o outro, um sujeito jovem que eu nunca tinha visto. Esse sujeito segurava Drebber pelo colarinho, e quando eles chegaram no alto da escada, ele lhe deu um empurrão e um chute que o mandaram para o meio da rua. "Seu miserável", ele gritou, sacudindo o bastão para Drebber. "Vou te ensinar a insultar uma moça honesta!" Estava tão enfurecido que acho que teria dado uma surra em Drebber com seu porrete, mas o patife cambaleou pela rua e então, vendo meu fiacre, me chamou e pulou para dentro. "Leve-me para o Halliday's Private Hotel", disse.

"Quando eu o tinha bem dentro do meu veículo, meu coração pulou com tal alegria que temi que naquele último instante meu aneurisma pudesse desandar. Dirigi lentamente, avaliando o que seria melhor fazer. Eu poderia levá-lo diretamente para o campo, e ali, em alguma viela deserta, ter minha última conversa com ele. Quase tinha decidido por isso quando ele resolveu meu problema. Estava novamente possuído pelo desespero por bebida e me mandou parar perto de um bar luxuoso que servia gim. Entrou, dizendo-me para esperar. Ficou ali até a hora de fechar, e ao sair estava tão calibrado que eu soube que o jogo estava em minhas mãos.

"Não imaginem que eu pretendesse matá-lo a sangue-frio. Se tivesse feito isso, seria apenas uma justiça rigorosa, mas não consegui me decidir a fazê-lo. Havia muito eu determinara que sua morte deveria ser o espetáculo de sua vida, já que ele escolhera tirar vantagem dela. Entre os vários empregos que eu tivera no meu andar errante pelos Estados Unidos, fui uma vez zelador e faxineiro do laboratório do York College. Um dia, o professor estava falando sobre venenos e mostrou aos alunos uns alcaloides, foi o nome que ele deu, que havia extraído de algum veneno de flecha sul-americana, e que era tão poderoso que uma partícula mínima significava morte instantânea. Vi o frasco em que aquele preparo era guardado, e quando todos se foram, tirei um pouco daquilo. Eu sabia dosar muito bem, então reduzi esse alcaloide a pílulas pequenas, solúveis, e coloquei cada uma em uma caixa com uma pílula semelhante, sem veneno. À época, determinei que quando tivesse minha chance, cada um dos meus cavalheiros deveria tirar uma pílula de uma daquelas caixas, enquanto eu tomaria a que sobrasse. Seria tão mortal quanto, e bem menos barulhento do que disparar através de um lenço. Desde aquele dia, sempre levava as caixas de pílulas comigo, e era chegada a hora em que deveria usá-las.

"Era quase uma hora da manhã, a noite estava sombria, com um vento forte, e chovia torrencialmente. Por mais desanimador que estivesse lá fora, por dentro eu estava satisfeito, tão satisfeito que poderia ter gritado de puro entusiasmo. Se algum de vocês, cavalheiros, já ansiou por algo, sonhando com isso durante vinte longos anos, e então, subitamente, descobriu-o a seu alcance, entenderá meus sentimentos. Acendi um charuto, dei umas baforadas para acalmar os nervos, mas minhas mãos tremiam e minhas têmporas pulsavam de excitação. Enquanto conduzia o fiacre, pude ver o velho John Ferrier e a doce Lucy me olhando das trevas e sorrindo para mim, com a mesma clareza com que vejo vocês nesta sala. O tempo todo eles estavam diante de mim, cada um de um lado do cavalo, até eu parar na casa da Brixton Road.

"Não se via vivalma nem se ouvia um som, a não ser o gotejar da chuva. Quando espiei pela janela, vi Drebber todo enrodilhado num sono de bêbado. Sacudi-o pelo braço. 'Está na hora de dar o fora', eu disse.

"'Está bem, cocheiro.'

"Imagino que ele pensasse que tivéssemos chegado ao hotel que mencionara, porque saiu sem uma palavra e me seguiu pelo jardim. Tive que caminhar a seu lado para mantê-lo firme, porque ele ainda estava um pouco desequilibrado. Ao chegarmos à porta, abri-a e levei-o até a sala. Dou minha palavra que o tempo todo o pai e a filha caminhavam à nossa frente.

"'Está infernalmente escuro', ele disse, sentindo o caminho com os pés.

"'Logo teremos uma luz', falei, riscando um fósforo e aproximando-o do pavio de uma vela que trouxera comigo. 'Agora, Enoch Drebber', continuei, virando-me para ele e segurando a chama junto a meu rosto, 'quem sou eu?'

"Ele me encarou com olhos turvos, bêbados, e então vi o horror brotar neles e convulsionar todo o seu semblante, mostrando que me reconhecia. Cambaleou para trás com o rosto lívido, e vi o suor irromper em sua testa, enquanto seus dentes batiam. Com isso, encostei-me à porta e ri alto e por um bom tempo. Sempre soube que a vingança seria doce, mas nunca esperei pela satisfação de alma que então me possuía.

"'Seu canalha', eu disse, 'tenho caçado vocês de Salt Lake City a São Petersburgo, e vocês sempre me escaparam. Finalmente, suas andanças chegaram ao fim, porque um de nós dois jamais verá o sol nascer amanhã.' Ele se encolheu ainda mais enquanto eu falava, e pude ver em seu rosto que pensava que eu estivesse louco. E eu estava.

A pulsação nas minhas têmporas parecia batidas de marreta, e acredito que teria tido algum tipo de ataque se o sangue não tivesse espirrado do meu nariz e me aliviado.

"'O que você acha de Lucy Ferrier agora?', gritei, trancando a porta e sacudindo a chave em seu rosto. 'A punição demorou a chegar, mas finalmente o surpreendeu.' Vi seus lábios covardes tremerem enquanto eu falava. Ele teria implorado por sua vida, mas sabia muito bem que seria inútil.

"'Você vai me assassinar?', gaguejou.

"'Não existe essa história de assassinato', respondi. 'Quem fala em assassinar um cachorro louco? Que piedade você demonstrou para com a minha pobre amada quando a arrastou de seu pai massacrado e a levou para seu harém execrável e desavergonhado?'

"'Não fui eu quem matou o pai dela', ele exclamou.

"'Mas foi você quem partiu seu coração inocente!' gritei, atirando a caixa de pílulas para ele. 'Que Deus, juiz supremo, escolha entre nós. Pegue uma e engula. Em uma delas há morte e na outra, vida. Eu tomarei a que você deixar. Vejamos se existe justiça na face da Terra, ou se somos governados pelo acaso.'

"Ele se encolheu, gritando desesperadamente, suplicando piedade, mas puxei a faca e segurei-a junto a sua garganta até ele me obedecer. Então, engoli a outra pílula, e por um minuto ou mais ficamos nos encarando em silêncio, esperando para ver quem viveria e quem morreria. Será que um dia esquecerei a expressão que baixou em seu rosto quando as primeiras dores lhe disseram que o veneno estava em seu organismo? Ri ao ver aquilo e segurei a aliança de Lucy diante de seus olhos. Isso durou apenas um instante, porque a ação do alcaloide é rápida. Um espasmo de dor contorceu seus traços, ele esticou as mãos para a frente, cambaleou e, com um grito rouco, caiu pesadamente no chão. Virei-o de frente com o pé e coloquei a mão sobre seu coração. Não havia movimento. Estava morto!

"O sangue estivera correndo do meu nariz, mas não reparei. Não sei o que me deu na cabeça de escrever na parede com ele. Talvez fosse alguma ideia maldosa de colocar a polícia em uma pista errada, porque me sentia despreocupado e alegre. Lembrei-me de um alemão encontrado em Nova York com a palavra 'RACHE' escrita acima dele: à época, os jornais comentaram que aquilo deveria ser obra das sociedades secretas. Imaginei que o que havia intrigado os novaiorquinos intrigaria os londrinos, então molhei o dedo em meu próprio sangue e escrevi aquilo em um lugar conveniente na parede. Depois, fui para meu fiacre e vi que não havia ninguém por lá, e que minha noite continuava alucinada. Tinha percorrido certa distância quando enfiei a mão no bolso em que normalmente guardava a aliança de Lucy e descobri que não estava lá. Fiquei atordoado, porque era a única lembrança que eu tinha dela. Pensando que poderia tê-la deixado cair quando me debrucei sobre o corpo de Drebber, voltei e, deixando meu fiacre em uma travessa, entrei destemido na casa. Eu estava preparado para arriscar qualquer coisa, menos perder o anel. Ao chegar lá, dei de cara com um policial que saía, e só consegui desfazer suas suspeitas fingindo estar para lá de bêbado.

"Foi assim que Enoch Drebber chegou ao fim. Só me restava, então, fazer o mesmo com Stangerson e, assim, acertar a dívida de John Ferrier. Eu sabia que ele estava hospedado no Halliday's Private Hotel, e fiquei o dia todo por lá, mas ele não saiu. Imagino que tivesse desconfiado de algo quando Drebber não apareceu. Stangerson era ardiloso e estava sempre atento. Mas se pensava que conseguiria me manter afastado ficando dentro do hotel, estava muito enganado. Logo descobri qual era a janela de seu quarto, e na manhã seguinte, cedo, aproveitei algumas escadas jogadas na viela atrás do hotel e entrei em seu quarto ao amanhecer. Acordei-o e disse que era chegada a hora em que teria que responder pela vida que tirara tanto tempo antes. Descrevi a morte de Drebber e lhe dei a mesma escolha das pílulas envenenadas. Em vez de agarrar a chance de salvação que lhe oferecia, ele saltou da cama e voou na minha garganta. Em autodefesa, esfaqueei-o no coração. De qualquer modo, o resultado teria sido o mesmo, porque a Providência jamais permitiria que sua mão culpada pegasse outra coisa que não fosse o veneno.

"Tenho pouco mais a dizer, e tudo bem, porque estou exausto. Continuei no serviço de fiacre por um dia ou mais, pretendendo me manter nele até poder economizar o suficiente para voltar para os Estados Unidos. Estava parado no pátio quando um moleque maltrapilho perguntou se havia por ali um cocheiro chamado Jefferson Hope e disse que seu fiacre estava sendo chamado por um cavalheiro na Baker Street, número 221B. Dei a volta, sem desconfiar de nada, e quando caí em mim, este rapaz aqui tinha colocado as algemas nos meus pulsos, e de um jeito tão perfeito que nunca vi. Esta é toda a minha história, cavalheiros. Podem me considerar um assassino, mas sustento que sou um agente da justiça tanto quanto vocês."

A narrativa do homem fora tão eletrizante e seus modos tão impactantes que ficamos em silêncio e absortos. Até os detetives profissionais, tão *blasés* em cada detalhe de crime, pareceram estar profundamente interessados na história. Quando ele terminou, ficamos por alguns minutos imóveis, salvo pelo rabiscar do lápis de Lestrade, que dava os últimos toques em seu relato taquigrafado.

– Só existe um ponto em que eu gostaria de um pouco mais de informação – disse Sherlock Holmes, por fim. – Quem era seu cúmplice, que veio em busca da aliança que anunciei?

O prisioneiro piscou para meu amigo de maneira jocosa.

– Posso contar meus próprios segredos, mas não crio problemas para outras pessoas – ele disse. – Vi seu anúncio e pensei que poderia ser uma armadilha, ou poderia ser a aliança que eu queria. Meu amigo ofereceu-se para ir dar uma olhada. Acho que vocês reconhecerão que ele foi muito inteligente.

– Não há dúvida – disse Holmes, sinceramente.

– Agora, cavalheiros, as formalidades da lei precisam ser cumpridas – observou o inspetor gravemente. – Na quinta-feira, o prisioneiro será levado diante dos magistrados, e a presença dos senhores será necessária. Até então, serei responsável por ele. – Enquanto falava, tocou o sino, e Jefferson Hope foi levado por dois carcereiros, enquanto meu amigo e eu saíamos da delegacia e pegávamos um fiacre para Baker Street.

*Capítulo 7*

## A CONCLUSÃO

Todos nós tínhamos sido alertados para comparecer perante os magistrados na quinta-feira, mas quando a quinta-feira chegou não houve motivo para nosso testemunho. Um juiz mais graduado havia assumido o caso, e Jefferson Hope fora convocado perante o tribunal em que lhe seria aplicada uma justiça rigorosa. Na própria noite após sua captura, o aneurisma se rompeu, e pela manhã ele foi encontrado estirado no chão da cela, com um sorriso tranquilo no rosto, como se, em seus últimos momentos, tivesse conseguido olhar para trás e ver uma vida útil e um trabalho bem feito.

– Gregson e Lestrade ficarão alucinados com sua morte – observou Holmes, ao conversarmos na noite seguinte. – Para onde irá agora sua grande publicidade?

– Não acho que eles tenham tanto a ver com a captura de Hope – respondi.

– O que você faz neste mundo não tem importância – observou meu companheiro, com amargura. – A questão é o que você consegue fazer as pessoas acreditarem que você tenha feito. Não importa – ele continuou, mais animado, depois de uma pausa. – Eu não teria perdido a investigação por nada. Pelo que eu me lembre, não tem havido caso melhor. Simples como era, houve nele vários pontos dos mais instrutivos.

– Simples! – exclamei.

– Bom, de fato, ele mal pode ser descrito de outro jeito – disse Sherlock Holmes, sorrindo diante de minha surpresa. – A prova de sua intrínseca simplicidade é que, sem qualquer ajuda, a não ser algumas deduções bem simples, consegui pôr a mão no criminoso em três dias.

– Isso é verdade – eu disse.

– Eu já lhe expliquei que o que é fora do comum normalmente serve de guia, e não de empecilho. Ao resolver um problema desse tipo, o importante é conseguir raciocinar retroativamente. Essa é uma estratégia muito útil e muito fácil, mas as pessoas não a põem muito em prática. Nos assuntos cotidianos da vida, é mais producente raciocinar à frente, e assim, a outra estratégia acaba sendo negligenciada. Para uma pessoa que consegue raciocinar analiticamente, existem cinquenta que raciocinam sinteticamente.

– Confesso que não estou entendendo – eu disse.

– Não esperava que entendesse. Vamos ver se consigo deixar mais claro. A maioria das pessoas quando você lhes descreve uma sequência de eventos, lhe dirá qual será o resultado. Elas conseguem juntar esses acontecimentos na cabeça e, a partir deles, afirmar que algo acontecerá. No entanto, são poucas as pessoas a quem você conte um resultado que conseguem desenvolver, com o próprio raciocínio, os passos que levaram àquele resultado. É esse o poder a que me refiro quando falo em raciocinar retroativamente, ou analiticamente.

– Entendo – eu disse.

– Agora, esse foi um caso em que você tinha o resultado e tinha que descobrir todo o resto por conta própria. Então, deixe-me tentar mostrar-lhe as diferentes etapas do meu raciocínio. Partindo do começo. Aproximei-me da casa, como você sabe, a pé, com a mente inteiramente livre de todas as opiniões. Naturalmente, comecei a analisar a rua e ali, como já lhe expliquei, vi claramente as marcas de um fiacre, o qual, apurei indagando, deve ter passado a noite ali. Verifiquei que tinha sido um fiacre, e não uma carruagem particular, pela bitola estreita das rodas. Um veículo de aluguel de quatro rodas, em Londres, é consideravelmente menos largo do que a carruagem de um cavalheiro.

"Esse foi o primeiro ponto ganho. Em seguida, caminhei lentamente pela passagem do jardim, composto de um solo argiloso, peculiarmente apropriado a registrar impressões. Sem dúvida, para você pareceu ser um simples caminho barrento pisoteado, mas, para meus olhos treinados, cada marca em sua superfície tinha um significado. Não existe ramo na ciência detetivesca tão importante, e tão negligenciado, quanto a arte de rastrear pegadas. Felizmente, sempre me concentrei muito nisso, e o excesso de prática tornou-o minha segunda natureza. Vi as pesadas pegadas dos policiais, mas também vi as marcas de dois homens que passaram antes pelo jardim. Foi fácil saber que eles tinham estado antes dos outros, porque em alguns lugares seus passos tinham sido completamente apagados pelos que vieram sobre eles. Dessa maneira, meu segundo elo estava formado, o que me disse que os visitantes noturnos eram dois, um deles notável pela altura (como calculei pelo comprimento de seu passo), e o outro, muito bem vestido, a julgar pela impressão pequena e elegante deixada por suas botas.

"Ao entrar na casa, essa última dedução foi confirmada. Meu homem bem calçado jazia à minha frente. Então, o assassinato havia sido cometido pelo alto, se é que houvera assassinato. Não havia ferimento no morto, mas a expressão agitada de seu rosto garantia que ele previra sua morte antes de ela chegar. Homens que morrem de problemas cardíacos, ou de alguma causa natural súbita, nunca, de maneira alguma, exibem traços agitados. Cheirando os lábios do morto, detectei um leve odor azedo, e concluí que o haviam forçado a ingerir veneno. Mais uma vez, sustentei que ele fora forçado, pela raiva e pelo medo expressos em seu rosto. Por exclusão, cheguei a esse resultado, porque nenhuma outra hipótese concordaria com os fatos. Não imagine que fosse uma ideia muito fora do comum. A administração forçada de veneno não é, de maneira alguma, algo novo nos registros criminais. Os casos de Dolsky, em Odessa, e de Leturier, em Montpellier, ocorrerão imediatamente a qualquer toxicologista.

"E agora vinha a grande questão da motivação. O roubo não havia sido objeto do assassinato, porque nada fora levado. Seria política, então, ou uma mulher? Essa era a questão com que me defrontava. Desde o começo, inclinei-me para a última suposição. Assassinos políticos contentam-se em fazer seu trabalho e fugir. Esse assassinato, ao contrário, fora executado muito intencionalmente, e o criminoso deixara suas pegadas por toda a sala, mostrando que o tempo todo estivera ali. Deveria ser uma maldade particular, e não política, que clamasse por uma vingança tão metódica. Quando a inscrição foi descoberta na parede, fiquei mais inclinado do que nunca à minha opinião. Estava claro que aquilo era um subterfúgio. Contudo, quando a aliança foi achada, resolveu-se a questão. Obviamente, o assassino a usara para lembrar à sua vítima alguma mulher morta ou ausente. Foi a essa altura que perguntei a Gregson se ele havia indagado, em seu telegrama a Cleveland, sobre algum detalhe especial na carreira pregressa de Mr. Drebber. Como você se lembra, a resposta dele foi negativa.

"Comecei, então, a examinar cuidadosamente o cômodo, o que confirmou minha opinião quanto à altura do assassino e me supriu com os detalhes adicionais sobre o charuto Trichinopoly e o comprimento de suas unhas. Eu já chegara à conclusão, uma vez que não havia sinais de luta, de que o sangue que cobria o chão irrompera do nariz do assassino, em sua agitação. Pude perceber que o rastro de sangue coincidia com o rastro dos pés. É raro que um homem, a não ser que seja muito vigoroso, estoure desse jeito pela emoção, então arrisquei a opinião de que, provavelmente, o criminoso era um homem robusto, avermelhado. Os acontecimentos provaram que julguei corretamente.

"Saindo da casa, parti para fazer o que Gregson negligenciara. Telegrafei ao chefe de polícia em Cleveland, limitando minhas perguntas às circunstâncias ligadas ao casamento de Enoch Drebber. A resposta foi conclusiva. Dizia que Drebber já havia requerido proteção da lei contra um antigo rival no amor, chamado Jefferson Hope, e que esse mesmo Hope, no momento, estava na Europa. Agora eu sabia que tinha em mãos a solução para o mistério, e que só faltava prender o assassino.

"Eu já havia concluído que o homem que entrara na casa com Drebber era o mesmo que conduzira o fiacre. As marcas na rua mostravam que o cavalo vagara de uma maneira que teria sido impossível se alguém estivesse no comando. Onde, então, poderia estar o cocheiro, a não ser dentro da casa? Novamente, é absurdo imaginar que qualquer homem equilibrado cometeria um crime deliberado sob as vistas de um terceiro, que certamente o trairia. Por fim, supondo que um homem quisesse seguir outro por Londres, que meio seria melhor do que se tornar um cocheiro de fiacre de aluguel? Todas essas considerações levaram-me à irresistível conclusão de que Jefferson Hope seria encontrado entre os cocheiros da metrópole.

"Se ele já havia sido um, ali, não havia motivo para acreditar que tivesse deixado de sê-lo. Ao contrário, de seu ponto de vista, qualquer mudança súbita poderia atrair atenção para si mesmo. Provavelmente, pelo menos por um tempo, ele continuaria a realizar suas funções. Não havia motivo para supor que estivesse sob outro nome. Por que mudaria de nome em um país em que ninguém conhecia seu nome original? Assim sendo, organizei meu corpo de detetives de meninos de rua e mandei que procurassem sistematicamente cada proprietário de fiacres de aluguel em Londres, até descobrirem o homem que eu queria. O quanto eles se saíram bem e a rapidez com que tirei vantagem disso ainda estão frescos na sua lembrança. O assassinato de Stangerson foi um incidente totalmente inesperado, mas que, de qualquer modo, dificilmente poderia ser impedido. Como sabe, através dele entrei de posse das pílulas, cuja existência eu já havia deduzido. Como vê, a coisa toda é um encadeamento de sequências lógicas, sem uma interrupção ou falha."

– É maravilhoso – exclamei. – Seus méritos deveriam ser reconhecidos publicamente. Você deveria publicar um relato do caso. Se não fizer isso, eu farei por você.

– Faça o que quiser, doutor – ele respondeu. – Veja aqui – continuou, me estendendo um papel. – Veja isto!

Era o *Echo* do dia, e o parágrafo para o qual ele apontava era dedicado ao caso em questão. Dizia:

> *O público perdeu um entretenimento sensacional com a morte súbita do homem Hope, suspeito de matar Mr. Enoch Drebber e Mr. Joseph Stangerson. Provavelmente, agora os detalhes do caso jamais serão conhecidos, embora fôssemos informados, por autoridade confiável, de que o crime resultou de uma rivalidade antiga e romântica, em que o amor e o mormonismo fizeram sua parte. Ao que parece, ambas as vítimas haviam pertencido, em seus dias de juventude, aos Santos dos Últimos Dias, e Hope, o prisioneiro falecido, também era originário de Salt Lake City. Se o caso não teve outra consequência, pelo menos revela, da maneira das mais surpreendentes, a eficiência*

*de nossa força policial de detetives, e servirá de lição a todos os estrangeiros para que tratem de resolver suas disputas em seu país, e não as tragam para solo britânico. É um segredo de polichinelo que o mérito dessa inteligente captura pertence inteiramente aos conhecidos agentes da Scotland Yard, Messrs. Lestrade e Gregson. Ao que parece, o homem foi detido na moradia de um certo Sherlock Holmes, ele próprio, um amador que tem demonstrado algum talento como detetive e que, com tais instrutores, pode esperar, com o tempo, chegar a algum nível da habilidade dos dois. Espera-se que alguma espécie de homenagem seja feita aos dois policiais, como um adequado reconhecimento por seus serviços.*

– Eu não te disse quando começamos? – exclamou Sherlock Holmes com uma risada. – Este é o resultado de todo o nosso Estudo em Vermelho: conseguir-lhes uma homenagem!

– Não se preocupe – respondi. – Tenho todos os fatos no meu diário, e o público deverá conhecê-los. Enquanto isso, você deve ficar satisfeito com a consciência do sucesso, como o avarento romano...

*Populus me sibilat, at mihi plaudo*

*Ipse domi simul ac t nummos contemplor in arca.*

(O público me vaia, mas quando estou em casa, me alegro ao contemplar minhas moedas no cofre.)

Este livro foi composto com tipografia Adobe Garamond Pro e impresso em papel Off-White 80 g/m² na Formato Artes Gráficas.